Syzan Crow

AF281391

Affäre

Erotische Träume

Fortsetzung von

Affäre – eine erotische Gelegenheit

Syzan Crow

Affäre

Erotische Träume

Erotische Geschichte

Impressum

Bibliografische Information der
Deutschen Nationalbibliothek:
Die Deutsche Nationalbibliothek verzeichnet diese
Publikation in der Deutschen Nationalbibliografie;
detaillierte bibliografische Daten sind im Internet
über http://dnb.dnb.de abrufbar.

Fotos und Bilder: Syzan Crow

Verlag: BoD · Books on Demand GmbH, In de Tarpen 42,
22848 Norderstedt

Druck: Libri Plureos GmbH, Friedensallee 273, 22763 Hamburg

ISBN: 978-3-7597-9508-3

Für Gitta

Kapitel 1

„Lass mich in Ruhe. Geh von mir runter. Du tust mir weh." Mercedes kann unter seinem schweren Körper kaum reden. Er liegt auf ihr, wie ein Sack. Nackt und sein Bauch drückt auf ihren Brustkorb. Sie wehrt sich, schlägt auf ihn ein. Doch er nimmt ihre Arme und hält sie mit nur einer Hand fest. Seine Kraft ist enorm, sie hat keine Chance sich zu wehren, trotzdem windet sie sich so stark, damit er nicht wieder in sie eindringen kann.

Als sie das Hotelzimmer betritt, hat sie bei seinem Anblick ein sehr ungutes Gefühl. Er steht vor ihr, groß, breite Schultern, mit einem sehr ungepflegten Äußeren. Vernarbte Gesichtshaut, miserabel rasiert, vereinzelt stehen noch Bartpuschel an der Wange. Auf dem Kopf sieht er ebenso gruselig aus. Er war anscheinend schon länger nicht mehr beim Friseur. Und obwohl Mercedes raucht, bemerkt sie den intensiven Nikotingestank an ihm, der sich mit einer Alkoholfahne vermischt. Am liebsten hätte sie sich umgedreht und wäre direkt wieder zur Tür herausgegangen. Genau das wäre richtig gewesen, aber Mercedes hört nicht auf ihre innere Stimme. Eine Empfehlung von einem Bekannten hat sie zu diesem Termin gebracht. „Da brauchst Du keine Bedenken haben, er ist okay", waren seine Worte, als Mercedes mit ihm telefonierte. Sie stimmte bei dem Telefonat zu, dass er ihre Telefonnummer weitergeben kann. Dass dieser Termin zu ihrem Albtraum werden würde, konnte sie zu dem Zeitpunkt nicht wissen.

Woher auch immer er das Messer hat, kann sie sich nicht erklären. Sie spürt die Klinge an ihrem Hals und bewegt sich keinen Millimeter mehr. „Siehst Du. Bleib ruhig liegen, dann passiert Dir nichts", sagt er mit tiefer Stimme, direkt vor ihrem Gesicht und der Alkoholgeruch lässt sie würgen. Mercedes erträgt alles regungslos. Mehrmals dringt er in sie ein, kommt aber nicht zum Höhepunkt.

„Das muss ich hier jetzt genießen, Du bist so schön willig." Sie dreht den Kopf beiseite, sonst hätte sie sich übergeben. Das Messer jetzt neben ihrem Kopf, nicht mehr an ihrem Hals. Genau das scheint ihn anzumachen. Einige Minuten später kommt er endlich und Mercedes versucht ihn in genau diesem Moment von sich herunterzuschubsen. Es gelingt ihr fast, aber er fällt nicht komplett aus dem Bett, sondern kann sich fangen. Sie rollt sich zur anderen Bettseite weg und auf einmal spürt sie einen heftigen Schmerz an ihrer rechten Körperseite. Vor Schmerzen zusammengesackt rollt sie sich an der Bettseite ein und greift sich an die schmerzende Stelle. „Warum?", flüstert sie und schnappt nach Luft. Es tut so weh.

„Glaubst Du, ich lass' mich verarschen. Das habt ihr jetzt davon." Er schreit sie an. Nur, was sie getan haben soll, kann sie gedanklich nicht erfassen und nachfragen will sie nicht. Bevor er ihr noch weitere Gewalt antut. Warum spricht er von -ihr-, Mehrzahl? Die Schmerzen werden immer heftiger. Ihre Hand fühlt sich schon ganz warm an, denn das Blut fließt an ihrem Körper herunter auf das Laken. Aufstehen traut sie sich nicht und so bleibt sie reglos in ihrer Position an der Bettkante liegen. Mittlerweile ist er aufgestanden, sie sieht das Messer in seiner Hand. Ohne sich um sie zu kümmern, zieht er sich recht langsam an. Es kann aber auch nur ihr Empfinden sein, dass alles langsamer erscheint. Immer wieder schaut er zu ihr herüber und es erweckt den Eindruck, als bereite es ihm Freude, sie so leiden zu sehen. Wortlos geht er ins Bad und Mercedes hört das fließende Wasser im Waschbecken plätschern. Kurze Zeit später kommt er wieder zurück in das Zimmer, stellt sich neben Mercedes, beugt sich zu ihr herunter und flüstert: „Ich hoffe, Du verreckst. Schön langsam." Mercedes schaut ihn nur an, in der Hoffnung, er verschwindet schnell. Sie kann das alles überhaupt nicht begreifen. Ihr Gesicht ist mit Tränen überlaufen und sie weiß nicht, warum er zugestochen hat. Was hat sie getan? Vor ihren Augen verschwimmt leicht die Umgebung. Als die Zimmertür zuknallt, erschreckt sie heftig, aber er ist weg. Neben ihr auf dem Kopfkissen sieht sie ihr Spitzenhemdchen liegen, welches sie greifen kann. Zu einem Knäuel zusammengerollt presst sie es auf die Wunde, schließt ihre Augen und versucht ruhig zu atmen. Sie ist sich nicht bewusst, wie viel Zeit vergangen ist, als die Zimmertür sich öffnet, jemand hereinkommt und sofort schreit.

Endlich Hilfe.

Kapitel 2

Während des Aufenthalts in dieser Klinik haben wir uns ein wenig angefreundet und ich habe ihn irgendwann einmal gebeten, dass er mich bitte beim Vornamen nennen möchte und er schlug daraufhin prompt vor, dass ich ihn Tom nennen soll. Soweit entfernt mit dem Alter wären wir ja nicht, war seine Aussage mit einem breiten Grinsen. Ich weiß nicht, wie alt er ist; ich schätzte ihn Mitte fünfzig. Die Begegnungen mit Tom sind sehr höflich, respektvoll und freundlich. Ich mag ihn, seine Art sich zu kleiden, zu reden, zu lachen, zu arbeiten, soweit ich das beurteilen konnte, mit anderen Menschen umzugehen, seine Intelligenz. Und ich glaube er mich auch, ich wusste es aber nicht, es machte zumindest den Eindruck. Wenn er Dienst hatte, kam er regelmäßig in mein Zimmer, einfach nur um Hallo zu sagen. In der Zeit, als ich schlecht aufstehen konnte, kam er noch öfter und fragte mich, ob ich etwas benötige.

Einmal schob er einem Rollstuhl in mein Zimmer und teilte mir fest entschlossen mit, dass ich jetzt in seiner Pause mit ihm in das Café gehen muss ... hahaha ... ich und gehen, ich musste lachen.

Der Flurfunk berichtete, dass es dort frisch gebackenen Käsekuchen vom Konditormeister persönlich gibt und den müsste ich unbedingt probieren, der Kuchen sei der Hammer. Ich wollte mir nichts vorstellen oder einreden, aber er tat mehr für mich als nur ein Arzt. Ich genoss das sehr und bedankte mich vielfach bei ihm, denn all das war nicht selbstverständlich. Allerdings forderte ich nichts, ich drängte mich nicht auf oder rückte mich bei ihm in den Vordergrund.

Der Unfall, den ich selbst herbeigerufen habe, zeigte mir mit absoluter Klarheit, dass ich mein Leben ändern musste. Dass ich auf mein Hirn hören werde und das empfand ich für gut, für richtig gut, neue Wege zu gehen, andere Perspektiven zu erhalten.

Wer weiß, vielleicht beginne ich noch zu studieren.

Und genau das hatte ich ins Auge gefasst. Studieren. Ich möchte mit meinen zweiundfünfzig Jahren noch studieren.

Der Unfall von damals hat mir zu denken gegeben – zu denken über mein Leben, mein Handeln, mein Sein. Weiterhin in der Tankstelle arbeiten für einen Hungerlohn? Nein, das möchte ich nicht. Andere schreiben mit fünfundsechzig Jahren noch eine Doktorarbeit. Dann kann ich auch studieren. Seitdem ich denken kann, interessiere ich mich für Jura und alles, was damit zu tun hat. Meine Eltern hatten leider kein Geld übrig, damit ich studieren konnte. Von BAföG oder anderen Unterstützungen hatte ich keine Ahnung und auch niemandem im direkten Umfeld, welchen ich hätte fragen können. Also bin ich arbeiten gegangen, habe eine Lehre abgeschlossen und das Jurastudium wurde nie wieder Thema bei mir. Mit den Ausgaben für Miete, Auto und Lebensmittel war ich völlig ausgelastet, diese jeden

Monat aufzubringen. Da habe ich nicht mehr über die Möglichkeit zu studieren nachgedacht.

Mittlerweile ist der Unfall einige Zeit her und ich habe immer noch gesundheitliche Probleme. Ich denke gerade über die Mitteilung nach, die Dr. Thomas Asland, Tom, mir damals gab, als ich aufwachte.

„Ihr linker Arm ist unterhalb der Schulter gebrochen, das linke Schienbein ist gebrochen, beides haben wir mit Metall fixiert. Das Bein wird wieder wie neu. Ihr Becken ist verstaucht, ein Wirbel ist angebrochen, einige Rippen sind gebrochen. Insgesamt haben wir Sie sechs Stunden operiert. Aber der Arm macht mir Sorgen. Die Rippenbrüche liegen glatt aufeinander, die sollten keine Probleme bereiten. Allerdings werden Sie lange Zeit nicht arbeiten können, Sie müssen sich schonen. Die Polizei hat mit uns gesprochen und die Beamten sagen, dass Ihr Auto vorne links aufgeschlagen ist. Deshalb haben Sie die meisten Verletzungen auch an der linken Körperseite. Rechts geht fast alles, bis auf das verstauchte Becken. Übrigens, wenn Sie ein kleineres Auto gefahren wären, hätten Sie das nicht überlebt. Die lange Motorhaube und das stabile Blech an Ihrem Fahrzeug haben Ihnen das Leben gerettet."

Das war die originale Aussage von Tom. Werde ich nie vergessen. Und ja, der linke Arm macht mir noch große Probleme, denn ich kann ihn nicht komplett hochheben, weil das Metall in meinem Arm alles zusammenhält. Die Knochenbrüche im Arm waren so vielfältig und kompliziert. Seit dem Unfall arbeite ich nicht. Gut, dass ich einiges gespart habe und ich so mit dem Krankengeld einigermaßen hinkomme. Während meines Krankenhausaufenthaltes hat sich meine Hundesitterin um meine Hundedame gekümmert, wofür ich heute noch sehr dankbar bin. Aber auch als ich wieder zu Hause war, musste sie einspringen, denn längere Spaziergänge waren nicht möglich. Der Arm wird wahrscheinlich in diesem Jahr noch einmal operiert. Aber das hält mich nicht von meinem Vorhaben zu studieren ab, denn ich schreibe mit der rechten Hand. Tom beschwichtigte nichts und war immer ehrlich zu mir. Regelmäßig gehe ich heute noch ins Krankenhaus zu Nachuntersuchungen und die Ergebnisse sind immer zufriedenstellender. Wie sagt man so schön: Ich bin auf dem Weg der Besserung. Nur, dass sich dieser Weg als sehr beschwerlich darstellt. Massagen, Rehasport und Training zweimal die Woche. Ich glaube, ich bin einfach zu ungeduldig. Tom sagte, dass es Zeit benötigt, damit alle Wunden heilen, die sichtbaren schneller als die inneren. Und damit hatte er recht, denn die Nähte der Operation sind nur noch als Narben sichtbar, allerdings habe ich innerlich das Gefühl als würden die kaputten Stellen in meinem Körper bei bestimmten Bewegungen auseinanderfallen.

Tom hatte mich in den letzten Tagen meines Krankenhausaufenthaltes zu Kaffee und Kuchen eingeladen. Damals habe ich mich gefragt, ob ein Mann wirklich so nett sein kann oder ob es wieder nur ein Spiel ist. Das Zusammensein im Café des Krankenhauses war sehr angenehm, wie ich es schon lange nicht mehr empfunden habe. Er rollte mich mit dem Rollstuhl direkt an den Tisch, vergewisserte sich, dass ich nirgendwo anstoße und ich es bequem habe. Dann fragte er mich, was ich trinken möchte, nahm mir aber die Antwort vorweg. Kaffee. In meinem Krankenzimmer habe ich immer nur Kaffee genommen. Den gab es dort morgens, mittags und abends, soviel man wollte.

Tom machte sich auf den Weg zur Theke und brachte zuerst zwei Tassen Kaffee, danach kam er mit dem berühmten Käsekuchen zurück, den ich unbedingt probieren sollte. An der Theke sagte er der Verkäuferin, die ihn schmachtend anhimmelte, anders kann ich diesen Blick und die Gesten nicht deuten, dass sie bitte alles auf seine Karte buchen soll. Als er von der Theke zum Tisch zurückkam, sah sie in meine Richtung und ihr Blick verfinsterte sich. Aber warum? Sah ich so furchtbar aus? Vielleicht hatte sie recht, denn ich war spontan mit Tom los, ohne auch nur einmal vor der Reise in die Cafeteria in den Spiegel zu schauen. Tom ließ mir gar keine Entscheidungsmöglichkeit, als er mit dem Rollstuhl in mein Zimmer chopperte. Ich wollte aber auch keine. Zu meiner linken Seite war die Fensterfront und ich versuchte mich darin ein wenig zu spiegeln. Alles sah gut aus, etwas wuselig auf dem Kopf, ansonsten war alles in Ordnung. Vielleicht war sie neidisch, dass ich mit Dr.

Asland dort saß und nicht sie? Ich hatte keine Ahnung. Übrigens hat mich seit dem Unfall mein Gehirn in Ruhe gelassen, es hält sich mit Ratschlägen zurück, meldet sich aktuell nicht mehr.

Am Tisch angekommen rückte mir Tom die Kaffeetasse und den Teller so zurecht, dass ich mit meiner rechten Hand keine Probleme hatte, dieses ohne Unfall oder ich später neue Kleidung benötigte, zu essen. So fürsorglich, unglaublich. Er selbst nahm gegenüber von mir Platz und sortierte sein Porzellan ebenso passend. Als er sich gesetzt hatte, fragte er mich: „Brauchst Du noch etwas? Zucker?"

Ich antwortete ihm: „Nein, alles gut, Milch reicht völlig." Ich genoss den Kaffee und der gebackene Käsekuchen war überwältigend gut. Das kleine Stück war rasch gegessen und ich dachte bei mir, ob ich noch ein Zweites nehme. Doch diesen Gedanken nahm mir Tom sofort ab. Konnte er Gedanken lesen?

„Das Stück war so klein. Ich hole uns noch Nachschub." Ohne meine Antwort abzuwarten, stand er auf, nahm meinen Teller und verschwand zur Theke. Die Verkäuferin legte je ein Stück Kuchen auf die Teller und entgegnete, dass sie es wieder auf seine Karte buchen würde. Er brachte die Teller zum Tisch und verschwand noch einmal wortlos in Richtung Theke. Nach einer Weile, er musste warten, weil sich das Café füllte, kam er mit zwei Tassen Kaffee zurück zu mir. Diese Gedankenleserei war mir unheimlich und ich nahm mir vor, das Stück Kuchen langsam zu essen, damit er nicht wieder aufspringt und noch welche holt.

Bei dem zweiten Stück Kuchen kamen wir ins Gespräch und er erzählte von sich. Er wusste mittlerweile einiges über mich, aber ich wenig über ihn. Er begann die Erzählung mit den Worten: „Ich weiß einiges über Dich, aber Du wenig über mich, also frag mich doch, was Du wissen möchtest. Meinen Beruf kennst Du ja schon."

Darauf war ich nicht vorbereitet und ich wusste gar nicht, was ich fragen sollte. Worauf lief das hier raus? Ich hätte zu gern gefragt, warum er mit mir hier sitzt, aber diese Frage hatte ich für später geplant.

„Ich bin jetzt etwas sprachlos", antwortete ich ihm. „Hättest Du mir das einen Tag früher gesagt, hätte ich einen Fragebogen erstellt."

Er grinste mich an und sagte: „Gut. Dann müssen wir morgen noch einmal ins Café gehen und Du kannst eine Fragenliste vorbereiten."

„Nein … ja … Oh man … ich fange an zu stottern. Deinen Beruf kenne ich ja schon", begann ich langsam. „Hast Du außer Deinem Job auch Hobbys?"

„Ja, ich fahre Motorrad, ein altes Motorrad, das Modell wird Dir nichts sagen. Außerdem habe ich noch eine Crossmaschine, mit der ich an Wettkämpfen teilnehme, im Geländefahren. Im Training bin ich oft unterwegs in Frankreich, den Alpen, in Österreich, wo auch Wettkämpfe stattfinden. Bis auf Platz zwölf habe ich es schon geschafft."

Das fand ich sehr interessant, denn ich fahre selbst auch Motorrad. Allerdings eine Enduro. Nicht für die Reise, sondern einfach nur zum Spaß und mir fiel bei dem Gedanken gleich ein, dass ich mit dem kaputten Arm lange nicht fahren werde.

„Sind dort Zuschauer erlaubt?", wollte ich wissen.

„Ja, dort stehen immer reichlich Menschen an der Strecke und schauen zu. Meist warten sie auf die spektakulären Unfälle. Davon gab es auch schon einige, aber noch nie ist jemand tödlich verunglückt. Möchtest Du Dir das mal anschauen? Meine Kollegen und ich fahren in vier Wochen nach Österreich. Dort findet ein Rennen statt."

„Gern. Allerdings muss ich dafür reisefähig sein und eine einigermaßen angenehme Gesichtsfarbe haben und nicht diese Regenbogenfarben im Gesicht." Ich senkte leicht den Kopf, nicht um Mitleid zu erhalten, sondern weil ich mich gerade so sehr schämte. Denn jeder konnte meine Blessuren sehen, was mir schlagartig bewusst wurde. Am liebsten wäre ich weggelaufen, doch das ging nicht.

„Du musst Deinen Kopf nicht senken, Du siehst toll aus. Das ist doch nur oberflächlich und verschwindet auch fix wieder. Also … Kopf hoch." Er hatte echt ein Talent, mich mit nur wenigen Worten aufzubauen und er hatte recht, es ist nur oberflächlich.

„Abgemacht?", fragte er mich.

Spontan antwortete ich: „Ja, gern".

Thomas erzählte mir dann noch, nachdem er gemerkt hatte, dass ich keine Fragen stellte, dass er achtundfünfzig Jahre alt ist und seine Familie immer wollte, dass er Medizin studiert. Sein Onkel ist auch Arzt. Er hat noch einen älteren Bruder und eine jüngere Schwester. Wohnt fünfunddreißig Kilometer von der Klinik entfernt und hat als Oberarzt einen Firmenwagen, mit dem er die Strecke fährt. Hat kein Haustier, liebt aber Tiere und berichtete voller Euphorie von einem Trial-Training in Norwegen, wo die Kumpeltruppe, wie er sie nannte, in einer Pension untergebracht war, die auch reichlich Tiere beherbergten: Pferde, Hunde, Katzen, Schafe. Eine Mieze hatte immer bei ihm im Bett geschlafen und die Besitzer der Pension berichteten, dass sich diese Katze immer einen Lieblingsgast aussucht und bei diesem nächtigt, wenn der Gast es erlaubt. Ich fand das sehr amüsant. Dann erzählte er von seinen Reisen in die USA, nach Thailand, Südafrika und ich bemerkte traurig in meinen Gedanken, dass ich, bis auf die Ostsee oder in Holland, bislang nicht weit weg war. Mein Traum war und ist es, in der Vorweihnachtszeit nach New York zu reisen. Diese Lichter, die Eindrücke, die man im TV oder in Zeitschriften sieht, das möchte ich nur einmal live erleben. Aber, genau das wird wohl ein Traum bleiben. Zwischen Thomas und mir lagen Welten. Sein Gehalt war weitaus höher als meines als Verkäuferin. Ich konnte es mir nicht leisten, obwohl ich etwas gespart habe, mehrmals im Jahr in den Urlaub zu fahren. Das habe ich ihm nicht erzählt, ebenso wenig die New York

Geschichte. Ich wollte nicht jammernd klingen. Allerdings freute ich mich schon sehr auf das Motorradwochenende. Was wohl seine Kollegen sagen würden?

Mittlerweile saßen wir schon zwei Stunden in der Cafeteria und ich wurde müde. Er hatte seine Pause anscheinend ausgedehnt. Tom bemerkte meine Müdigkeit und sagte: „Du bist bestimmt müde, ich bringe Dich wieder nach oben. Das war schon eine lange Zeit und nun musst Du Dich ausruhen."

„Ja, gern. Danke", sagte ich leise.

Oben angekommen rollte er mich in meinem Zimmer neben das Bett, sodass ich vorsichtig auf dieses umsiedeln konnte. Ich bedankte mich höflich für den schönen Nachmittag. Das war wirklich schön.

„Und für morgen machst Du einen Fragenkatalog", gab mir Tom mit auf den Weg und lachte herzlich. Zu dem Zeitpunkt war mir nicht klar, dass das nicht unser letztes Treffen war.

Kapitel 3

Von meinem erotischen Geheimnis, welches seit einiger Zeit in meinen Gedanken existiert, weiß niemand. Von den Männern enttäuscht, das Vertrauen verloren, habe ich beschlossen, andere Wege zu gehen, um Geld zu verdienen. Und das nicht für den Mindestlohn, den ich in der Tankstelle bekomme, nein, ich meine, richtig Geld verdienen. In der Zeit während meiner unendlich dauernden Genesungsphase habe ich mir viele Gedanken darüber gemacht, wie ich, mit wenig Einsatz, viel erreichen kann, sprich, viel Geld verdienen kann. Und ich bin zu dem Entschluss gekommen, andere Wege zu gehen.

Es ist nicht leicht, mit jemandem darüber zu reden und so habe ich beschlossen, all das heimlich, nur für mich zu organisieren. Meine liebe Freundin Mercedes arbeitet seit langer Zeit bei einem Escortservice und mit ihr bin ich am Wochenende zum Abendessen verabredet, damit sie mir Fragen dazu beantwortet. Eine Fragenliste erstelle ich gerade und an erster Stelle steht natürlich: Was verdiene ich pro Stunde, pro Tag? Momentan stelle ich mir den Job recht einfach vor, aber ich glaube, das ist Traum – genauer gesagt Wunschdenken. Ich werde es erfahren.

Mattis hat sich seit meinem Krankenhausaufenthalt nicht mehr gemeldet und das ist gut so. Er soll sich weiter um seinen Betrieb und um seinen verkorksten Sohn kümmern, der, wie ich gehört habe, ihm immer noch das Geld aus der Tasche zieht. Der Buschfunk berichtet, dass sein Geschäft immer schleppender läuft und Mattis überlegt, den Betrieb zu schließen. Betrieb schließen ist gut. In den letzten Tagen unseres Zusammenseins hat er noch einen Kredit in Höhe von 300.000 € aufgenommen und die Gläubiger erwarten natürlich die Rückzahlung regelmäßig. Er hat sich in meinen Augen vollkommen verkalkuliert, aber das soll nicht mehr mein Problem sein.

Dann war da noch Tristan. Der hübsche Frühstücksmann. Auch er hat sich nicht mehr gemeldet, ich mich aber auch nicht. Über ihn habe ich gar keine Informationen erhalten, denn wir haben nicht den gleichen Bekanntenkreis, von Freunden ganz zu schweigen.

Wahrscheinlich ist er, wie damals, unglücklich verheiratet. Bestimmt sogar, denn er hat mir irgendwann einmal erzählt, dass er sich nicht scheiden lassen kann. Seine Frau würde ihm das letzte Hemd nehmen, inklusive der Kinder. Also wird er weiterhin in zwei Jobs arbeiten, Geld nach Hause bringen, welches seine Frau verwaltet und ausgibt. Möglicherweise hat er eine neue Gespielin, mit der er Sex hat, die er herbeirufen kann, wann immer ihm das beliebt. Mich zumindest nicht mehr. Gelegentlich habe ich ihn noch vorbeifahren sehen, aber jedes Mal schaute er in eine andere Richtung. Früher wäre ich dahin geschmolzen, wenn ich ihn sah, mittlerweile ist es mir egal. Neunzehn Jahre Altersunterschied sind einfach zu viel und mein Handy hat sich auch beruhigt. Wenn ich zurückdenke, wie viele SMS wir, oder besser ich, geschrieben haben. Doch ich muss auch erwähnen, dass der Sex, die wenigen Male, sehr anregend war. Gelegentlich denke ich noch an die Treffen. Ein toller Mann, guter Sex, aber vorbei. Dennoch würde es mich interessieren, was er heute macht, ob es ihm gut geht. Aber den Gedanken lasse ich nicht größer werden.

Das Treffen mit Mercedes kommt näher und meine Frageliste wird immer länger. Ich mache mir Gedanken über die Kleidung, die ich zu dem Treffen tragen werde und darüber, wie Mercedes wohl erscheint. Als wir uns das letzte Mal trafen, trug sie Schwarz. Mercedes ist eine tolle Frau, so alt wie ich, circa 180 cm groß, schwarze halblange gelockte Haare, gebräunt, aber nicht unnatürlich, und fast schon schwarze Augen. Man könnte meinen, auch anhand ihres Namens, sie kommt aus Lateinamerika. Nein, sie ist im Rheinland geboren, lebt und arbeitet auch dort. Sie ist sehr schlank und darum beneide ich sie, denn sie ist immer schlank, ohne etwas dafür zu tun. Kein Fitnessstudio, kein Sport. Bei der Überlegung bin ich neidisch und lache zugleich. Wir sind so vertraut, dass ich ihr das auch genau so sagen kann. Sie trug beim letzten Treffen ein schwarzes Kleid, nicht aufwendig, sondern schlicht, knielang, ohne Muster, halterlose Strümpfe mit Silberrand, schwarze Stiefel mit silbernen Applikationen und darüber einen schwarzen Kurzmantel mit einem silberglitzernden

Schal. Mercedes versteht es, sich so zu kleiden und damit die Blicke auf sich zu ziehen, ohne dass es nuttig wirkt. Dazu ist sie intelligent und redegewandt, mit einer Spur Ruhe in der Sprache, die ihresgleichen sucht. Mit ihrer Stimme könnte sie ohne Probleme Telefonsex betreiben und genau das habe ich ihr auch vorgeschlagen. Doch sie meinte, dass ihr ein Gegenüber, welches live vor ihr steht oder sitzt, lieber ist. Da hat sie recht und ich weiß, wovon ich rede, wenn ich an meine virtuellen Aktivitäten denke. Ein Telefonat ist zwar persönlich, doch das Treffen von Angesicht zu Angesicht ist durch nichts zu toppen.

Sie hat mir schon viel aus ihrem Berufsleben erzählt. Mercedes hat lange Jahre als Prostituierte gearbeitet. Mit Zuhältern und allem, was dazu gehört. Grün und Blau geschlagen, mit Platzwunde an der Stirn, stand sie vor Jahren vor meiner Tür, völlig abgehetzt und suchte Zuflucht. Ihr Zuhälter war, so erzählte sie, nicht einverstanden, wie Mercedes mit einem Kunden umgegangen war. Der Kunde bezahlte nicht, weil er nicht das bekam, was er erwartet hatte. Ich bin mit ihr ins Krankenhaus gefahren, doch dort wurde sie sehr abwertend behandelt. Ihre Wunden wurden versorgt, Mitgefühl gab es keines, freundliche Worte fehlten. Nach diesem Vorfall hat sie sich mit großer Mühe von ihrem Zuhälter trennen können. Wie genau sie das erreicht hat, hat sie mir nie erzählt. Danach arbeitete sie lange Zeit für sich selbst. Ein anderes Mal ging es um einen Kunden, der sich mit ihr verabredet hatte. Treffpunkt war eine

Hotellobby. Der Gast kam pünktlich und nach einem Glas Sekt an der Bar sind beide in das reservierte Zimmer verschwunden. Der Aufzug fuhr in die oberste Etage und als die Tür sich aufschob, erkannte sie die Suite, die der Gast gebucht hatte. Hier war sie schon einmal verabredet. Sekt und andere Getränke standen bereit und Mercedes fragte ihn, was er sich von ihr wünscht, denn das war vorher nicht besprochen worden, im Gegensatz zu anderen Treffen. Der Gast wünschte sich nur ein Gespräch, welches er nach reichlich Ehejahren mit seiner Frau nicht mehr führen konnte. Nur ein Gespräch. Gern auf dem Bett, sie brauchte sich noch nicht einmal auszuziehen. Ein Getränk nahmen sie dorthin mit und beide saßen, jeder auf einer Bettseite, in diesem übergroßen Kingsize-Bett und redeten. Mercedes machte mich darauf aufmerksam, dass sie nie Privates von sich preisgibt und immer die Gäste erzählen lässt. Nach zwei Stunden war die Sitzung vorbei und der Kummerkasten geschlossen, so die Anmerkung von Mercedes. Der Gast lud sie danach noch zum Abendessen ein. Summe des Tages: zweihundert Euro für die Gesprächsrunde, plus ein Abendessen und dann hat der Gast ihr noch fünfzig Euro bei der Verabschiedung zugesteckt, mit der Aussage, sie soll davon bitte ihr Auto tanken. Wie fürsorglich.

Aber sie berichtete auch von einem nicht so schönen Erlebnis, wo sie als Frau wie eine Ware behandelt wurde, was recht oft passierte und ihr danach das Poloch brannte wie Feuer. Sie wurde in ein Hotel gebeten, welches keine fünf Sterne besitzt. Der Mann war einundvierzig Jahre alt, Vorliebe Anal, und sie soll während des Aktes schweigen. Bezahlung gab es im Voraus. Dieser Kunde war neu, sie kannte ihn nicht. Sie erzählte mir damals, dass sie manchmal Angst hatte überfallen zu werden, wenn sie das Geld in bar bekommt, denn die Beträge waren oft sehr hoch. Sie trafen sich also in diesem Hotel und der Kunde kam zu spät, was Mercedes gar nicht mag. Bestellt und nicht abgeholt passt hier exakt. Er kam dann endlich und ohne viele Worte, sie sollte natürlich nichts sagen, ging es ins Hotelzimmer. Dort befahl er ihr, sich auszuziehen. Den String durfte sie anlassen. Diesen wollte er ihr zerreißen. Sie legte sich nach seinen Anweisungen auf das Bett, zuerst auf den Rücken und nachdem er sich auch ausgezogen hatte, drehte er sie direkt um. Sie folgte, sagte kein Wort und ließ sich von ihm umdrehen. Es dauerte keine zehn Sekunden und der Kunde rubbelte an seinem Schwanz, um ihm steif zu bekommen, und Mercedes verdrehte die Augen. Das konnte er wiederum nicht sehen, denn ihr Gesicht war von ihm abgewandt. Endlich steif und mit einem Kondom bestückt, begann er direkt an ihr herumzufingern und ihr die Pobacken auseinanderzuziehen oder besser zu reißen. Mercedes drehte sich um und machte ihn darauf aufmerksam, dass er ihr mitgebrachtes Öl verwenden und damit das Kondom zusätzlich einreiben soll. Sie griff neben das Bett und nahm das Öl, um sich selbst den Hintereingang einzureiben, doch er meinte, das wäre nicht nötig. Sie bestand allerdings darauf, ansonsten wäre das Treffen hier und jetzt beendet, wenn er nicht Rücksicht auf sie nehmen würde. Der Mann war sehr groß gewachsen, sein bestes Stück allerdings nicht. In einer Sekunde, in der sie in eine andere Richtung schaute und noch mit Einreiben ihres Hintereinganges beschäftigt war, drehte er sie wieder um, nahm ihr Hände und hielt sie auf den Rücken fest. Mit der anderen Hand drückte er sie, sein ganzes Gewicht einsetzend, auf das Bett.

Mercedes erzählte, dass sie keine Chance hatte, sich zu wehren und war nur froh, dass sie ihr Poloch wenigstens ein wenig geölt hatte. Er fackelte nicht lange und ihre Abwehr schien ihn anzumachen. Sein kleines Stück stand und suchte die Tür zum Hintereingang. Geschickt hatte er den Eingang gefunden und rammte seinen kleinen Schwanz mit solch einer Wucht in sie, dass es nur schmerzte. Mit einigen heftigen Stößen dauerte es nicht lange, nach wenigen Minuten spritzte er ab und ließ sie los. Mercedes spürte nur noch Schmerzen, denn er war nicht gerade in sie eingedrungen, sondern immer wieder schräg. Sie sagte damals, dass sie sogar eingerissen war. Nachdem er von ihr abgelassen hatte, richtete Mercedes sich in seine Richtung auf und verpasste ihm eine heftige Ohrfeige. Es klatschte, aber er lachte sie an, oder besser aus, drehte ihr den Rücken zu und nahm sich das Kondom ab. Mercedes verschwand ins Bad und als sie sich mit feuchtem Toilettenpapier vorsichtig abtupfte, sah sie Blut am Tuch. Völlig entnervt von dem Schmerz und der dermaßen schäbigen Behandlung, mittlerweile wieder bekleidet, ging sie zurück in das Zimmer. Der Mann hatte sich in der Zeit bereits ebenfalls angezogen und Mercedes zischte ihm entgegen, dass dies Konsequenzen haben wird, denn sie würde ihn anzeigen. Und wieder knallte sie ihm die flache Hand ins Gesicht, was ihn nur amüsierte. Sie sagte ihm noch beim Verlassen des Zimmers, dass er nie wieder bei ihr landen wird. Im Aufzug angekommen liefen Tränen über ihr Gesicht, aus Schmerz und Scham, der Demütigung und Wut. Solch ein Penner, so berichtete sie damals und schwor sich, wenn sie ihn zufällig beim Einkaufen, zum Beispiel mit seiner Frau, sehen sollte, würde sie ihn fragen, im Beisein seiner Frau, ob er diese auch blutig fickt. Das Ergebnis der Geschichte hat Mercedes mir bis heute nicht erzählt.

Seit diesem Ereignis ist Mercedes bei der Escortagentur angemeldet und bis jetzt hat sie nicht wieder von einem derartigen Vorfall berichtet.

Kapitel 4

Ein Treffen mit Tom steht in dieser Woche

noch an. Er hat mich zum Abendessen eingeladen, in ein nobles Restaurant, in welchem die Teller mit silberfarbenen Hauben serviert werden und die Kellner aussehen wie Pinguine. Mittlerweile frage ich am Telefon immer, wohin es geht, dementsprechend wähle ich meine Kleidung. Bevorzugt elegant. Tom mag das.

Irgendwie habe ich das Gefühl, die Woche ist zu kurz für all meine Vorhaben. Der Donnerstag ist schnell da und ich mache mir am Morgen schon Gedanken um mein Outfit. Thomas ist wirklich nett, aber ich suche noch immer den Haken. Kann ein Mann so nett sein? So unkompliziert?

Ich habe schon einige Beziehungen oder Affären durch und es hat mich immer nur enttäuscht. Entweder ich wurde belogen oder betrogen, oder beides zeitgleich. Der eine war Gamer, in Spielotheken und an der Konsole. Ein anderer war Fußballfan, womit ich gar nichts anfangen konnte und bis heute nicht kann. Dann war da noch Mattis, der jeden Tag getrunken hat und ich am Morgen danach in seinem Gesicht sehen konnte, wie viel er abends getrunken hatte. Eine enttäuschende Liste verschiedener Typen. Und nun ist da Thomas, einfach nur er selbst, was mir ausgezeichnet gefällt. Er protzt nicht, er lügt nicht, soweit ich das bisher von unseren Treffen beurteilen kann und eine Frau hat er auch nicht, sodass er nicht anfangen muss zu lügen, auf welcher Seite auch immer. Kinder hat er keine, somit keine weiteren Verpflichtungen. Ein einfacher, netter Mann. Trotzdem bleibt bei mir diese feine Spur Misstrauen.

„Lydia, schön, Dich zusehen", ruft er mir schon von Weitem entgegen.

Ich stehe vor dem Eingang des Restaurants, nur kurze Zeit, mal wieder zu pünktlich und warte. Die Umrisse seines Körpers kann ich schon in der Entfernung erkennen, nur es liegt mir fern, quer über die Straße zu brüllen. Er ruft mir aber entgegen und ich glaube, er freut sich wirklich, mich zu sehen. Bei mir angekommen gibt es eine Umarmung zur Begrüßung, die sehr lange dauert, keine normale Umarmung, sondern innig, lang, als wolle er mich nicht mehr loslassen. Meine Arme schlinge ich ebenfalls um ihn und bemerke den Schutz, den er ausstrahlt. Diese Berührung hat etwas sehr Beschützendes.

„Wie lange stehst Du schon hier?"

„Hallo, ich bin gerade erst gekommen, zwei Minuten vielleicht."

„Lass uns hineingehen, es ist so windig hier", sagt er fürsorglich und hält seine Hand in meinem Rücken, zieht die Eingangstür auf und lässt mich als Erstes durchgehen. So etwas schätze ich in besonderem Maße, die gute alte Schule. Am Empfangstisch angekommen nennt er seinen Namen und die Dame vom Empfang führt uns durch das Restaurant zu einem Tisch im hinteren Bereich, in dem nur wenige Gäste sitzen. Tom nimmt meinen Mantel und zieht meinen Stuhl hervor. Er kümmert sich um die Garderobe, kommt zurück zum Tisch und setzt sich nah neben mich an den runden Tisch.

Für diesen Abend habe ich mir die Frage aufgehoben: warum ich?

Ob ich sie stellen werde … keine Ahnung. Während des Essens reden wir über alle möglichen Dinge. Er bestellt eine bestimmte Flasche Rotwein, seine Lieblingssorte. Bis jetzt sind wir nicht im Bett gelandet. Ich war auch noch nie bei ihm zu Hause, er auch nicht bei mir und ich frage mich, warum? Das Abendessen verläuft ruhig, gesellig und ohne eine Gesprächspause.

„Wie bist Du eigentlich hierhergekommen?", fragt Thomas nach dem Nachtisch.

„Mit dem Taxi."

„Ich bestelle uns noch einen Kaffee, wenn Du magst. Möchtest Du später noch mit zu mir kommen? Dann benötigst Du kein Taxi."

Er fragt mit einem Grinsen im Gesicht, aber kein hinterhältiges Grinsen, sondern mehr eine Kombination aus Grinsen und Lächeln, welches ich sehr an ihm mag. Charmant und geheimnisvoll zugleich.

„Ja, gern einen Kaffee und ja, ich möchte später noch mit zu Dir kommen." Sage ich mit einem Lächeln und freue mich schon, endlich zu sehen, wie er lebt.

Während des Kaffees haben wir noch über seinen Job geredet und dass er zurzeit recht viel zu tun hat. Dann fragt er mich, wie es mir geht. Die Frage kann ich gar nicht in einem Satz beantworten und ich berichte darüber, dass mir der Arm weiterhin Probleme bereitet. Das habe ich noch nicht ausgesprochen, nimmt er meine linke Hand in seine und streichelt sie vorsichtig. Was ein schönes Gefühl, welches Wellen des Willkommenseins in mir aufwühlte, die ich mit ihm noch nicht kannte und die ich jetzt mit Neugierde kennenlerne.

Wir verlassen das Restaurant gegen dreiundzwanzig Uhr und gehen Hand in Hand die Straße entlang zu seinem Auto. Dort öffnet er mir die Tür, hält sie für mich auf, wie ein Chauffeur. Die Fahrt von circa fünfzehn Minuten verläuft ruhig. Er ist ein sehr vorausschauender Fahrer, fährt nicht schnell, eher zu langsam, aber so fahre ich auch. Ich bin die Schnecke auf der Straße.

An seinem Haus angekommen denke ich, wow, was ist das denn? Ein Bungalow aus den Sechzigerjahren mit Bäumen entlang der Einfahrt. Ich liebe Bungalows, denn der Vorteil ist: alles auf einer Etage, alles schön kompakt beieinander. Leider ist es dunkel und ich kann von der Umgebung nicht viel erkennen. Er fährt das Auto bis zum Ende der Einfahrt, stellt den Motor ab, steigt aus und hält mir wieder die Tür auf. Reicht mir die Hand und ich gleite sanft aus dem Auto. Hand in Hand gehen wir zum Haus.

„Es ist hier etwas düster, die Laterne am Eingang ist alt und schwach", und er grinst mich wieder an. „Schön, dass Du mit zu mir kommst." Er schließt die Haustür auf und zeitgleich geht das Innenlicht an, schummrig, aber man sieht etwas. Wir stehen direkt im Wohnzimmer, einen Flur gibt es nicht. Links die Küche, ebenfalls mit einer kleinen Leuchte, die sich zeitgleich erhellt. Alles hübsch, stilvoll und hell eingerichtet. Er nimmt meinen Mantel und legt ihn beiseite. Seinen ebenfalls. Irgendwie stehe ich da, wie bestellt und nicht abgeholt, also schaue ich mich um, ich tue zumindest so. Die Mäntel beseitigt, kommt er auf mich zu, sieht mich an und sagt: „Das wollte ich schon die ganze Zeit machen." Packt mein Gesicht in beide Hände und küsst mich, erst sehr vorsichtig, dann fester, intensiver und ich erwidere seinen Kuss. Seine Zunge sucht meine und beide spielen sehr vertraut miteinander. Er küsst meine Wangen, meine Nase, meine Augen, wieder meinen Mund. Mit einer Sanftheit, die ihresgleichen sucht. Seine Hände wandern an meinem Körper herunter, nicht gierig, sondern eher forschend und so langsam. Er zieht mir den Rock am Bein etwas höher, streichelt meinen Oberschenkel. Meine Hände wandern über seinen Körper und ich merkte, wie gut er gebaut ist, sehr muskulös. Küssend nimmt er mich in den Arm, hebt mich hoch und trägt mich einen Raum weiter in sein Schlafzimmer.

„Darf ich Dich ausziehen?", fragt er mich.

„Ja, gern."

Den Reißverschluss an meinem Kleid zieht er langsam hinunter und das Kleid gleitet wie von selbst zu Boden.

„Wenn ich Dich ausziehe, muss ich auch etwas ablegen", bemerkt er mit seinem unwiderstehlichen Lächeln.

„Ich bitte darum."

Mit diesen Worten lege ich mich leger auf das Bett und beobachte ihn dabei, wie er erst das Hemd, dann die Jeans ablegt. Irgendwie wirkt die Kleidung kostspielig. Dann sind die Socken dran und das feine, vom Farbton zum Hemd passende T-Shirt. Die Shorts lässt er an und ich sehe, wie sich sein bestes Stück darin abmalt, wundervolle, feine Konturen.

Er dimmt noch das Licht und kommt auf mich zu.

„Dreh Dich um, leg Dich auf den Rücken", sagte er sehr leise. Und ich folge seinen Anweisungen. In diesem Moment muss ich an Mercedes Erzählungen von dem rüpelhaften Gast denken, aber diesen Gedanken werde ich auch sofort wieder los, denn Thomas öffnet meinen BH und lässt einfach beide Enden neben mich fallen. Meinen schwarzen Spitzenstring zieht er vorsichtig an meinen Beinen herunter und legt ihn beiseite. Ich spüre seine Hände auf meinen Beinen, von den Füßen bis zu meinen Pobacken streichen. Dann spüre ich sie auf einmal nicht mehr und ich blinzele ein wenig zur Seite, um zu sehen, was er macht. Er zieht eine Schublade an den Nachtkonsolen auf und nimmt eine kleine Flasche Öl heraus, dreht sie auf und ich spüre auf meinen Beinen diese angenehme Flüssigkeit, warm und weich. Geschickt verteilt er sie mit sanften massierenden Bewegungen auf meiner Haut, auf meinem Dreieck.

Meine Beine schiebt er vorsichtig auseinander und verteilt das Öl auch auf meiner feuchten Spalte. Ein leichtes Stöhnen von mir zeigt ihm, wie sehr ich das genieße. Er massiert mich weiter, über den Bauch, meine Brüste, meine Arme und Hände. Mit einer Hingabe und Sanftheit, welches ich so noch nicht erlebt habe. In einer kurzen Pause zieht er seine Shorts aus und kniet sich zwischen meine Beine. Oh man … was macht mich das an. Mein Po hebt sich von ganz alleine ihm entgegen und diese Einladung lässt sich sein bester Freund nicht entgehen und er gleitet wie von selbst, ferngesteuert in mich. Langsam, mit Gefühl schiebt er sich voran und auch jetzt höre ich Tom leise stöhnen. Die Bewegungen in mir sind vorsichtig, werden aber immer schneller und er erwischt in mir einen Punkt, wo ich mich nicht mehr halten kann und ich spüre, wie sich der Höhepunkt bei mir ankündigt. Ich drücke mich immer fester gegen ihn. An der Hüfte festgehalten, stößt er seinen Schwanz immer tiefer in mich und ich explodiere mit lautem Stöhnen. Thomas kann sich auch nicht mehr halten und kommt ebenfalls fast zeitgleich mit mir. Ich hatte noch nie jemanden, der so leise kommt. Ungewöhnlich. Noch immer liege ich auf dem Rücken. Mein Zeitgefühl habe ich völlig verloren. Tom nimmt mein Gesicht in beide Hände und küsst mich leidenschaftlich.

„Davon träume ich schon seit Wochen, wenn ich das sagen darf", und schaut mich dabei sehr zufrieden und verliebt an.

„Offen gestanden, ich auch."

„Lydia, Du hast einen begnadeten Körper und Deine Haut ist so zart."

„Danke. Jahrelanger Babyölkonsum nach der Dusche", grinse ich ihn an, und wir lachen beide. Worüber? Keine Ahnung. Einfach so. Er ist unkompliziert und ich fühle mich so wohl hier bei ihm.

„Wenn Du ins Bad möchtest, gern. Da drüben die Tür." Und er zeigt auf eine dekorativ geschnitzte, recht schmale Holztür.

„Später; ich möchte das hier bei Dir noch ein wenig genießen." Ich denke gerade, kann die Zeit bitte stoppen, um diesen Moment festzuhalten.

Thomas schaut mich an und fragt mich, ob ich etwas trinken oder essen möchte. Ein Getränk wäre jetzt gut, aber essen, um diese Uhrzeit, es ist mitten in der Nacht.

„Ich kann uns noch einen Snack bestellen. Die Pizzeria zwei Straßen weiter hat einen vierundzwanzig Stunden Lieferservice und eine Karte habe ich auch. Möchtest Du?"

„Nein, danke, lieb gemeint", antworte ich ihm, denn ich habe wirklich keinen Hunger.

Wir liegen beieinander und ich schlafe in seinem Arm ein. Keine Ahnung, wie viel Uhr es da ist. Diese Ruhe in seinem Haus, ganz anders als bei mir. Ich bemerke, als ich einschlafe, ein leichtes Flackern in meinen Augen. Wie kleine Lichtblitze. Seltsam. Das hatte ich noch nie.

Am nächsten Morgen wache ich auf und bemerke, dass ich alleine im Bett liege.

Was mir bis dato noch gar nicht aufgefallen war, ich habe seit dem Restaurantbesuch noch keine Zigarette geraucht, was ungewöhnlich für mich ist. Und ich bemerke wieder diese absolute Ruhe um mich herum. Wo ist Tom?

Ich stehe auf, werfe mir sein Hemd über und gehe vom Schlafzimmer ins Wohnzimmer, von wo aus ich auch die Küche überblicken kann. Niemand da. Diese Zeit nutze ich, erstens um wach zu werden und zweitens um mich ein wenig umzuschauen, denn jetzt ist es hell draußen und ich kann mehr erkennen als gestern Abend. Als allererstes muss ich zur Toilette und ich erinnere mich an die dekorative Holztür. Im Bad sehe ich die stilvolle Einrichtung, Marmorwaschbecken, goldene Armaturen, passende Gardinen in Weiß mit goldenem Streifen, große Fliesen auf dem Boden, heller Marmor, denn die sehen so aus wie das Waschbecken. Die Wände weiß und in der ebenerdigen Dusche ebenfalls das Marmormuster. Man, oh man, denke ich bei mir ... schick. Aber mir reicht für jetzt die Toilette, eine Zahnbürste habe ich nicht dabei, denn diese Übernachtung war nicht geplant. Außerdem möchte ich in seinen Schränken nicht nach Zahnpasta suchen, die ich mir mit den Fingern verteilt hätte. Das kommt in meinen Gedanken, schnüffeln gleich, wenn Thomas wieder auftaucht, werde ich ihn danach fragen. Zurück in der Küche angekommen schaue ich mich um und ich entdecke die Kaffeemaschine und alles, was dazu gehört, steht daneben. Wie sauber hier alles in diesem Männerhaushalt ist, so mein erster Eindruck.

Die Kaffeemaschine ist eingeschaltet und wärmt sich auf. Wasser fülle ich ein, ein Pad aus dem Behälter daneben lege ich auf den Padhalter. Sogar die Tassen stehen dort, sodass ich in keinen Schrank schauen muss. Ich denke, Thomas wird damit einverstanden sein, dass ich mir einen Kaffee zubereite. Wo ist er nur? Ich schaue aus dem Küchenfenster und sehe, dass sein Auto auch weg ist. Er wird wohl wieder kommen. Vielleicht in der Klinik? Hat sein Telefon geklingelt und ich habe es nicht gehört? Möglich.

Der Kaffee ist fertig und ich hole die Zigaretten aus meiner Handtasche. Er wird wohl nichts dagegen haben, wenn ich vor der Haustür eine Zigarette rauche. Gesagt, getan. Den Kaffee nehme ich mit nach draußen und stelle den Schirmständer zwischen Tür und Rahmen, damit ich mich nicht aus Versehen aussperre. So stehe ich nun mit meinem Hemd, dem Kaffeepott und einer Zigarette vor dem Haus, barfuß auf der braunen Fußmatte und genieße die Ruhe. In dieser Straße ist wirklich nichts los. Ein Auto fährt vor. Es ist Thomas und er steigt mit einer Bäckertüte in der Hand aus. Er war nur Brötchen holen und als er auf mich zukommt, grinst er mich an.

„Guten Morgen, Lady. Schick, siehst Du aus, in meinem Hemd", grinst er mich weiter an. Umfasst meine Taille und küsst mich, ohne das Grinsen abzulegen. „Ich habe Brötchen für uns geholt. Allerdings könnte ich Dich schon wieder vernaschen, wenn ich Dich so anschaue. Aber meine Putzfrau kommt gleich und sie muss uns nicht erwischen. Hunger?"

„Ja, habe ich. Guten Morgen. Und ich war so frei und habe einen Kaffee gemacht. Möchtest Du auch einen?"

„Das hatte ich schon lange nicht mehr, dass mir jemand einen Kaffee macht. Gern."

Wir frühstücken gemeinsam, als sein Telefon klingelt. Die Klinik ruft an und es wird auf einmal hektisch. Ich ziehe mich rasch an und Thomas fährt mich nach Hause.

„Tut mir leid, dass ich Dich jetzt regelrecht vor die Tür setze. Ich rufe Dich später an. Okay?"

„Ja, klar, kein Problem. Bis später." Ich steige aus dem Auto aus und schaue hinter ihm her, wie er wegfährt. Den Abschiedskuss haben wir in der Hektik völlig vergessen. Im Auto erzählte er kurz von einem Notfall in der Klinik. Er wirkte nervös. Wie ich ihn sonst nicht kenne. Er wird bestimmt später erzählen, was vorgefallen ist.

Kapitel 5

Zwei Tage später ist das Treffen mit Mercedes.

Die Woche ist so schnell vorbeigezogen und obwohl ich noch nicht wieder arbeite, geht die Zeit schneller voran als sonst, so mein Empfinden.

Thomas hat mich gestern am Abend angerufen und mir gesagt, dass er Wochenenddienst hat. Er wurde von einem Kollegen gebeten, den Dienst zu tauschen. Das Telefonat war kurz, etwas abgehackt, mit Lärm im Hintergrund. Allerdings erzählte er nichts von dem Notfall, aber er erwähnte, dass wir die gemeinsame Nacht wiederholen sollten.

Dass Thomas arbeitet, passt mir gut, dann kann ich mich in aller Ruhe mit Mercedes treffen, lange und ausgiebig reden, essen und meine Frageliste abarbeiten. Aber, irgendwie habe ich ein schlechtes Gewissen, ihm gegenüber. In der ganzen Zeit habe ich Thomas nichts von meinem Vorhaben, mit einem Escortservice Geld zu verdienen, erzählt. Denn ich weiß nicht, wie er darüber denkt. Manchmal macht er einen leicht konservativen Eindruck. Er ist schwer einzuschätzen und mit Mercedes ist es für mich auch nur ein Informationsabend. Ich möchte das so gerne ausprobieren und mit Thomas bin ich nicht zusammen, oder doch? Wir hatten nur eine Nacht miteinander und über dieses Thema haben wir nie geredet.

Ich freue mich einfach auf das Treffen mit meiner Freundin. Mercedes und ich treffen uns um neunzehn Uhr, sie ist schon da. Für den heutigen Abend habe ich mich für schwarz-leger entschieden. Jeans, Bluse, recht tief ausgeschnitten, schwarzer Blazer und halbhohe Stiefel, zu denen die Jeans mit ihren Strasssteinchen am Hosenbein sehr gut zur Geltung kommt.

Als sie mich sieht, erschallt durch den Raum: „Lydia". Ich bin leicht erschlagen von der überschwänglichen Begrüßung. Gut, dass nun jeder Gast im Raum weiß, wie ich heiße. Ich lache sie nur an, denn genau so ist sie und das liebe ich an ihr. Wo sie auftaucht, ist sie präsent.

„Ich freue mich so, Dich zu sehen." Nehme sie in den Arm und knuddle sie durch. Ich freue mich wirklich, denn wir haben uns so lange nicht mehr gesehen.

„Wartest Du schon lange?", frage ich sie.

„Warten, auf Dich, nein, ich bin schon etwas länger hier. Ich hatte nebenan im angeschlossenen Hotel bis gerade einen Kunden", sagt sie recht leise. „Ach Liebes, es gibt noch nette Männer. Und der war so nett, so zuvorkommend, so lieb. Eigentlich nur eine Begleitung zu einem Geschäftstreffen. Jedoch waren wir uns sehr sympathisch und ich bin noch spontan mit ihm auf sein Zimmer gegangen. Nachher hat er mich gefragt, ob er etwas zu essen bestellen soll. Das wäre kein Problem. Er würde im Hotel einen Snack bestellen. Aber ich habe ihm gesagt, dass ich noch mit einer Freundin zum Essen verabredet bin und ich mir den Hunger dafür aufhebe. Echt, solche Männer sind so rar. Er war immer sehr besorgt, dass ich auch genug zu trinken habe. Mein Glas Rotwein war immer gefüllt. Nur wenn ich so viel getrunken hätte, wäre ich betrunken zu unserem Treffen gekommen und das geht nun wirklich nicht."

Sie lächelt, während sie von diesem lieben Gast erzählt und ich höre gespannt zu, denn die Geschichten, die Mercedes erzählt, sind Tatsachenberichte und immer spannend, aufregend und oft ungewöhnlich.

Meine lange Liste verweilt schon seit einigen Stunden in meiner Handtasche und ich hole sie hervor. Mercedes macht große Augen.

„Ist das Dein Ernst?", fragt sie und starrt mich an.

„Ja nun, ich möchte doch alles von Dir erfahren und nur so kann ich mir das merken, vergesse nichts."

„Und schreibst Du Dir auch die Antworten auf?"

„Natürlich. Zumindest Stichpunkte. Ich weiß ja, wie schnell und viel Du erzählen kannst." Jetzt grinse ich sie an und Mercedes verdreht die Augen, grinst aber ebenfalls.

„Ich habe echt vergessen, wie korrekt Du bist. Aber, das liebe ich an Dir. Eine Eigenschaft, die Du niemals ablegen wirst. Fang an, sonst sitzen wir morgen noch hier."

Und sie lacht so laut, dass sich die anderen Gäste zu uns umdrehen. Das ist Mercedes.

Nach einiger Zeit ist meine Liste abgearbeitet und ich habe nun endlich die Informationen, die ich brauche und die in meine Überlegungen einfließen. Auf der Internetseite des Escortservices wird ein Profil von mir angelegt, mit Fotos, auf denen die Interessenten mein Gesicht sehen können oder nicht, das entscheide ich.

Gebucht wird nur über den Service der Firma. Den Stundenlohn für den Begleitservice stellt die Agentur dem Gast in Rechnung. Wenn mich ein Kunde buchen möchte, dann fragt die Agentur vorher bei mir nach, ob es zeitlich passt. Es wird in drei Arten Buchung unterschieden, mit einem Stern, normal, mit zwei Sternen, gehoben und mit drei Sternen, Luxus.

Zwei-Stunden-Buchung ist die Mindestzeit, wobei jede Stunde der Kategorie -normal- zweihundert Euro kostet. Also in zwei Stunden vierhundert Euro, von welchen die Agentur einen prozentualen Anteil erhält. Den Rest bekomme ich und das wäre nach diesem Rechenbeispiel dreihundertzwanzig Euro. So viel Geld in zwei Stunden schaffe ich mit meiner Arbeit in der Tankstelle nicht. Kilometergeld wird gezahlt, wenn ich außerhalb meiner Heimatstadt arbeite. Geschenke der Gäste darf ich behalten und ein mahnendes Wort zu privaten Dingen gibt mir Mercedes auch. Niemals Privates preisgeben, niemals sagen, wo man wohnt und keine Telefonnummer weitergeben. Dann soll ich lügen, Geschichten erfinden, sonst hat man ratzfatz einen Stalker. Und verlieb dich nicht, sagt sie mahnend. Wer einmal diesen Service nutzt, macht das wieder. Sie erzählt dazu noch, dass fünfundachtzig Prozent der Männer verheiratet oder liiert sind. Meine Frage, ob es sich nur um neutrale Treffen handelt oder immer eine Bettgeschichte anhängt, beantwortet sie mir damit, dass die Treffen von der Agentur nur als normale

Begleittreffen herausgegeben werden. Viele Kunden aber mehr erwarten, was allerdings nicht von dem Escortservice abgedeckt ist. Das machen die Kollegen dann sozusagen auf eigene Gefahr. Manche Männer wollen nur eine Begleitung, andere erwarten mehr. Mercedes macht das von dem Miteinander abhängig. Wenn ihr jemand sympathisch ist, willigt sie ein, wie heute, sich noch im Zimmer zu treffen. Davon erfährt die Agentur nichts. Über ihr Geld oder ihre finanziellen Möglichkeiten redet sie nicht viel, das war bei uns nie Thema, sagt mir aber, dass sie dann ungefähr einhundertfünfzig Euro pro Stunde verlangt, je nachdem, was der Kunde erwartet. Sie empfiehlt mir eine gute Vorbereitung, mich mit diversen Dingen zu versorgen und niemals auf den Kunden zu vertrauen. Kondome in verschiedenen Größen, Analpräservative, Lecktücher, Öl, Gleitcreme, feuchte Tücher und das alles in einer kleinen Kulturtasche verpackt und sortiert, sodass ich nicht lange suchen muss.

Sie hat all meine Fragen beantwortet und mein Entschluss steht fest, dass ich mich bei dieser Agentur anmelde und mein Glück dort versuche. Ob ich damit Erfolg habe und das in meinem Alter und bei den vielen Damen, die dort zur Auswahl stehen? Doch hierzu korrigiert Mercedes mich, dass es die verschiedensten Typen gibt und jeder Kunde etwas anderes sucht. Natürlich werden manche Damen häufiger gebucht, das liegt aber daran, dass sie schon sehr lange dabei sind und ihre Stammgäste haben. Eine Kollegin trifft sich einmal die Woche mit einem Stammgast zum Abendessen, jede Woche, außer er ist krank.

Aber, es geht bei diesem Treffen mit Mercedes ja nicht nur um meine Fragen bezüglich des Jobs, ich freue mich mehr darüber, sie wiederzusehen und natürlich brennt eine Frage in mir:

„Was ist eigentlich aus der Geschichte geworden, als Dein Poloch eingerissen war? Hat sich damals Dein Zuhälter eingeschaltet?", frage ich neugierig.

Zur gleichen Zeit piept ihr Handy und sie antwortet mir nicht sofort, sondern bittet mich, sie kurz zu entschuldigen, sie möchte gern auf diese SMS antworten. Die Nachricht lässt sie schmunzeln.

Mehr erfahre ich aktuell nicht. Zeitgleich piept mein Handy. Vor einiger Zeit habe ich Thomas einen eigenen Klingelton zugewiesen und so weiß ich sofort, wenn er schreibt. Selten schickt er eine SMS, nur sporadisch. Wenn ich daran denke, wie viele SMS zwischen Tristan und mir hin und her geflogen sind, kann man die Anzahl, die Thomas schickt, fast an zwei Händen abzählen. Er sagte mir, dass er es nicht so sehr mag, SMS zu schreiben, er telefoniert lieber. Heute aber weiß er, dass ich mit meiner Freundin zusammen bin, will bestimmt nicht stören und schickt eine Nachricht.

Hallo Lydia,

ich denke so oft

an Dich.

Ich wünsche mir,

dass wir den Abend

 wiederholen.

     HDL xxx Tom

 Hallo Tom,

gern. Ich habe mich so

wohl gefühlt.

Das wäre schön.

HDAL xxx Lydia

„Du hast jemanden kennengelernt. Ola, erzähl, Du bist verliebt. So wie Du gestrahlt hast, als Du die Nachricht geschrieben hast." Mercedes schaut mich mit großen Augen an.

„Ich bin nicht verliebt. Ja, ich habe jemanden kennengelernt. Thomas. Habe ich Dir doch erzählt. Der nette Arzt im Krankenhaus. Und es könnte mehr daraus werden. Vielleicht. Ich weiß auch nicht, stehe mir selbst im Weg. Du weißt doch, wie es in mir aussieht, aber er ist nett und lieb und gut aussehend und toll im Bett."

„Toll im Bett? Erzähl!"

„Da gibt es nicht viel zu erzählen. Wir waren essen, er hat mich eingeladen und sind dann bei ihm gelandet, über Nacht. Am nächsten Morgen hat er Brötchen geholt und es war einfach nur schön und ich bin nicht verliebt, ich mag ihn."

Da Mercedes mir immer ausführlich erzählt, was bei den gebuchten Terminen so alles passiert, berichte ich ihr alle Einzelheiten über Thomas, inklusive der intimen Dinge. Sie hat leider keinen Partner, außer den Kunden vom Escort. Sie sagt, sie braucht das nicht und hat auch gar keine Zeit, sich mit einem festen Freund zu beschäftigen. Dazu kommt, dass sie in der Vergangenheit in ähnlicher Weise enttäuscht wurde wie ich und damals den Entschluss gefasst hat, keinen Mann mehr näher in ihr Leben zu lassen.

Wieder piept es neben ihr und Mercedes greift sofort zu ihrem Handy, liest und schreibt direkt zurück. Die

Nachricht ist von dem heutigen lieben Gast, so erzählt sie und tippt auf ihrem Handy eine Nachricht mit einem Lächeln im Gesicht. Bei dieser Gelegenheit spreche ich sie auf ihre Warnung von vor einer Stunde an, in welcher sie mich gewarnt hat, niemals die private Telefonnummer herauszugeben. Sie antwortet mir:

„Das hier ist der Einzige, der meine Telefonnummer hat. Er ist mittlerweile zu einem lieben Bekannten geworden und ich genieße seine Komplimente. Es macht mir nicht den Eindruck, dass er schräg ist. Denn er ist Arzt und wirklich ein normaler Typ."

Die Welt ist komisch geworden. Vieles passiert nur noch virtuell. Früher, in meinem jugendlichen Alter, gab es keine Handys, sondern ein Telefon im Haus. Zu der Zeit hatte ich immer das Gefühl, meine Mutter sitzt auf dem Telefon und wenn ich telefoniert habe, musste ich fünfzig Pfennige von meinem Taschengeld in die von meiner Mutter bereitgestellten Telefondose legen. Das schmälerte mein Taschengeldbudget enorm, aber da meine Eltern einfache Arbeiter waren, war an eine Erhöhung des Taschengeldes nicht zu denken. Wenn ich länger telefonierte, erhöhte sich der Betrag auf eine Mark, denn Mutter konnte aus der Küche heraus exakt beobachten, wie lange ich am Telefon hing. Und genau das tat sie auch.

Heute geht alles nur noch per Handy, per SMS in verschiedenen Formen. Alles nur noch schnell, jederzeit abrufbar, jederzeit mit Informationen versorgt. Ich bin seit der Zeit mit Tristan dazu übergegangen, das Handy auch einfach zu Hause zu lassen. Das bietet mir Ruhe und ich habe das Gefühl, eine Spur von Unabhängigkeit zu besitzen.

Nach ein paar Sekunden ist Mercedes mit ihrer Tipperei fertig und wendet sich wieder in meine Richtung. Meine Frage nach dem Rüpel-Typen hat sie nicht beantwortet und ich bin zu müde, um erneut danach zu fragen. Der Abend ist schon fortgeschritten und ich mache ihr den Vorschlag, diesen zu beenden. Wir verabschieden uns herzlich mit Umarmung und Küsschen voneinander. „Pass auf Dich auf, Süße", gebe ich ihr noch mit auf den Weg.

Kapitel 6

Janett, die Chefin der Agentur, sitzt vor mir und ich beantworte ihre Fragen zu meinem Profil. Meine Antworten überlege ich mir gut. Es geht unter anderem um Vorlieben und Hobbys. Zwischendurch frage ich sie, ob es noch andere Kolleginnen gibt, die in meinem Alter sind. Das Besondere an diesem Escortservice ist, dass Männer und Frauen vermittelt werden, im Gegensatz zu anderen Agenturen, die sich entweder auf Frauen oder auf Männer spezialisiert haben.

Janett nimmt mich mit zum Fotoshooting. Sie fertigt die Fotos selbst an, denn außerhalb hat sie noch keinen vertrauenswürdigen Fotografen gefunden. Hier liegt die Betonung auf -vertrauenswürdig-. Sie erklärt es nicht näher.

Ich wähle drei verschiedene Outfits und die Fotos, die ich mit ihr zusammen aussuche, sind außerordentlich gut. So habe ich mich noch nie gesehen.

Janett entpuppt sich als wirklich kreative Künstlerin. Ihre Fotoecke ist wie eine Kneipe eingerichtet und so entstehen tolle Fotos. Während des Shootings bemerkt sie beiläufig, dass die Kunden auf meine Beine abfahren werden.

Thomas hatte auch mit Vorliebe meine Beine bearbeitet. Sie scheint recht zu behalten.

Ein Name muss nun zu meinem Profil. Janett meint, dass der Name Lydia eher langweilig klingt, einige Kollegen mit einem Fantasienamen auftreten. Genau darüber habe ich mir schon Gedanken gemacht und ich habe für mich entschieden, mit meinem Namen dort zu erscheinen, denn ich stehe zu meiner Tätigkeit. Sie ist von dem Gedanken angetan und setzt meinem Namen noch einen Zusatz bei: elegant und raffiniert.

Und so nimmt mein Profil Gestalt an. Mittlerweile verweile ich schon drei Stunden in der Agentur. Ich bin jetzt schon neugierig, wann sich der erste Kunde meldet. Mein Profil erscheint unter der Rubrik NEU.

Mittlerweile bin ich zu Hause angekommen und nehme sofort mein Laptop zur Hand, um den Zugang auszuprobieren, den Janett mir gegeben hat. Eingeloggt sehe ich mein Profil und bin erstaunt über den Zugriff, den ich ebenfalls sehen kann. In der kurzen Zeit, und ich war bestimmt nur fünfundvierzig Minuten unterwegs nach Hause, haben schon sechsundneunzig Menschen mein Profil besucht. Unglaublich. In meinem Leben war das Internet nie für mich ein großes Thema. Einmal habe ich mich bei einer Flirtbörse angemeldet. Doch nachdem ich dort nur idiotische Anfragen erhielt, habe ich nach vier Wochen mein Profil wieder gelöscht. Das war die einzige Erfahrung mit einem Datingprofil. Aber nun bin ich bei der Agentur gemeldet und ich bin sehr gespannt, was mich erwartet, ob ich überhaupt gefragt bin.

Kapitel 7

Eine Woche später klingelt das Telefon früh am Morgen und reißt mich aus dem Bett. Seitdem ich im Krankenstand bin, schlafe ich sehr lange, was mir guttut. Ich bin noch völlig verpeilt. Janett ist am anderen Ende und ich gestehe ihr, dass ich noch nicht wach bin, ich aber versuche ihr zu folgen. Nach dem üblichen Geplänkel: „Alles gut?", und „Wie geht es Dir?", kommt sie direkt zur Sache.

„Ein Kunde hat Dich gebucht, für zwei Stunden. Zum Abendessen. Nähere Angaben sende ich auf Dein Handy."

„Oh, das ging fix, oder nicht? Wann möchte er mich denn treffen?"

„Heute um 17 Uhr. Passt das bei Dir?"

„Heute … ja, passt. Kennst Du den Kunden? Hat er schon öfter gebucht?"

„Ja, er bucht häufig."

„Da bin ich ja mal gespannt. Danke für die Info. Ich warte auf Deine SMS." Mit diesen Worten verabschiede ich mich freundlich von ihr.

Mein erster Kunde und ich werde jetzt schon, um zehn Uhr am Morgen, nervös.

Mit dieser neuen Einnahmequelle denke ich noch intensiver über mein Vorhaben zu studieren nach. Der Gedanke kommt mir beim Frühstück. Das Studium hiermit zu finanzieren, ist ein perfekter Plan.

Zeitgleich piept mein Handy.

Guten Morgen, hübsche Frau.

Wie geht es Dir?

Lust heute Abend mit mir zu essen.

Tom 😉

Guten Morgen hübscher
Mann,

ich kann heute Abend nicht.
Morgen vielleicht?

Mir geht es gut. Dir auch? 😊

Och, schade.

Mir geht's auch gut, hab das WE
frei.

Morgen Abend würde
prima passen.

Was sagst Du dazu?

Gut, dass er nicht gefragt hat, was ich heute vorhabe. Ich hätte ihn anlügen müssen und damit beabsichtige ich gar nicht erst anzufangen. Die Zeit schreitet fix voran an diesem Tag und ich werde sichtlich nervös. Soll ich dem Gast sagen, dass es mein erstes Date ist? Danach habe ich Mercedes nicht gefragt und ich versuche, sie anzurufen. Es klingelt und klingelt, aber sie geht nicht ran. Das ist typisch Mercedes. Manchmal ignoriert sie das Telefon und ruft erst Stunden später zurück. Nun, dann muss ich mir die Frage selbst beantworten. Trotzdem versuche ich es noch einmal bei Mercedes. Wieder nichts. Wo steckt sie nur wieder?

Mittlerweile ist es sechzehn Uhr und ich mache mich auf den Weg zum Hotel. Janett hat mir die Einzelheiten auf mein Handy geschickt und ich weiß jetzt, dass er Leon heißt, fünfundfünfzig Jahre alt ist und ich die Begleitung zum Abendessen sein soll.

Die Hotellobby ist hell gestaltet und ich soll an der Hotelbar bei einer Tasse Kaffee warten. Ich bin schon fünfzehn Minuten vor dem Termin da und bestelle an der Bar einen Kaffee. Welch geschäftiges Treiben in einer solchen Hotellobby, Gäste kommen und reisen ab, viele rennen einfach nur dadurch. Ob die alle hier eingecheckt sind? An der Rezeption herrscht Hochbetrieb. Kurze Zeit später spricht mich jemand an: „Ich glaube, wir sind verabredet." Ich drehe mich um und ein großer Mann steht in eleganter Kleidung vor mir, dunkles Sakko, schwarze Hose, schwarzes Hemd, gebügelt, glänzende Schuhe, blonde Haare, blaue Augen, leicht rundes Gesicht und lächelt mich an.

„Wenn Sie Leon sind, sind wir verabredet, ja."

„Bin ich. Schön, Sie kennenzulernen, Lydia." Und lacht mich an.

„Geht mir ebenso."

Auf blond stehe ich überhaupt nicht, aber hier geht es nicht um mich, sondern nur um den Job. Er legt einen Fünf-Euro-Schein auf die Theke und sagt mir, dass er einen Tisch im Restaurant reserviert hat. Ist mir recht, umso schneller bin ich fertig. Er hat nur zwei Stunden gebucht. Mercedes hat sich bis jetzt nicht zurückgemeldet und ich beruhige mich damit, dass es typisch für Mercedes ist.

Sie wird sich schon melden.

Leon hat einen ruhigen Tisch im hinteren Bereich reserviert. Er nimmt meinen Mantel und bringt ihn mit seinem Sakko zur Garderobe. Ein Kellner kommt direkt zum Tisch und bringt eine Flasche Wein, aber keine Karte. „Ich habe das Essen schon vorbestellt. So haben wir mehr Zeit", erklärt er mir den Vorgang. Etwas irritiert nehme ich das zur Kenntnis, denke aber bei mir, dass zwei Stunden für ein Abendessen mit einer spontanen Bestellung ausreichen müssten, sage aber dazu nichts. Während des Essens reden wir über allgemeine Dinge, sehr belanglos, beschließen, dass wir die Du-Form besser finden. Nach einer längeren Pause fragt mich Leon: „Lydia, Du bist mir sehr sympathisch. Ich habe noch ein Zimmer reserviert. Hast Du Lust, mich noch nach oben zu begleiten?"

Darauf war ich vorbereitet, denn darüber habe ich mir Gedanken gemacht und für mich beschlossen, niemals mit einem Kunden mehr zu erledigen als die Begleitung. Mittlerweile fühle ich mich sehr zu Thomas hingezogen und möchte ihm nicht wehtun. Er wird es eines Tages erfahren. Dieses Treffen hier ist für mich schon eine Art Betrug. Zu mehr bin ich nicht bereit.

„Leon, leider muss ich ablehnen. Du bist mir ebenfalls sehr sympathisch, jedoch möchte ich das Treffen bei der Begleitung belassen. Zu mehr bin ich nicht bereit. Tut mir leid, dass Du das missverstanden hast."

Leon verliert sein freundliches Aussehen, sieht etwas versteinert aus. „Andere Damen waren immer sehr zufrieden, ich zahle gut", versucht er mir seine Absicht schmackhaft zu machen.

„Du zahlst gut?" Ich denke sofort an die Studiengebühren und werde neugierig.

„Ich zahle Dir zweihundert Euro extra, für eine Stunde, wenn Du mich noch auf mein Zimmer begleitest."

Kurz denke ich nach, willige dann aber ein.

Leon hat ein Standardzimmer gebucht, recht klein, aber freundlich eingerichtet.

„Du sagst mir, was Du möchtest", beginne ich das Zusammensein und versuche so locker wie möglich zu wirken.

„Zieh Dich aus, komplett und mach es Dir bequem."

„Gern."

Leon zieht ebenfalls alles aus und legt sich neben mich. Sein Duft ist sehr angenehm, ein teures Parfum oder Deo oder beides. Seine Hände wandern an mir auf und ab und ich mache es ihm nach. Gelegentlich berührt er meinen rasierten Hügel, aber nur leicht und ich stöhne passend dazu, obwohl er mich wirklich nicht anmacht. Sein Freund schon ganz steif, bittet er mich, ihn zu massieren und ich folge seiner Bitte.

Er stöhnt sehr laut und ich tue so, als ob mich das Gestöhne anmacht. Ich nehme mit der anderen Hand das Kondom vom Nachttisch, lasse seinen Freund los und reiße die Folie auf. Sein bestes Stück steht immer noch und ich stülpe das Kondom darüber, massiere ihn weiter.

Zeitgleich richte ich mich auf, um mich auf ihn zu setzen, doch er protestiert leise und meint, ich könne mich entspannen. Ich soll einfach auf dem Rücken liegen bleiben. Das ist sehr leicht und ich folge freundlich. Er spreizt meine Beine und kniet sich vor mich, massiert noch ein wenig seinen Schwanz und dringt vorsichtig in mich ein. Ich wundere mich, dass meine Muschi so feucht ist und den Zugang ohne Probleme freigibt, obwohl der Typ mich nicht anmacht. Dennoch muss ich gestehen, dass er perfekt bestückt ist und mich ein beschnittener, blanker, großer Schanz schon immer gereizt hat. Das wird es wohl sein. Meine Muschi hat da ihr Eigenleben entwickelt.

Leon ist wirklich sehr vorsichtig, obwohl seine Stöße jetzt intensiver, tiefer und rhythmischer werden. Ich mache mit, strecke mich ihm entgegen und stöhne leise. Wir bleiben in dieser Position. Leon macht keine Anstalten, etwas anderes auszuprobieren. Es scheint ihm zu gefallen. Nach einigen Minuten kommt er, fällt wie ein nasser Sack neben mich und fragt:

„Warst Du auch da?"

„Nein, aber das macht nichts, hier geht es um Dich und nicht um mich."

„Du bist klasse."

Jetzt mal ehrlich … was habe ich getan, außer gelegen und mich ihm entgegengestreckt. Und das nennt er klasse. Was hat er für Erfahrungen mit Frauen? Frage ich mich ernsthaft. Aber es geht mich nichts an und ich antworte ihm, dass ich ihn auch klasse finde und sehr gefühlvoll. Er ist so höflich und bedankt sich sogar bei mir. Ich bin vollkommen platt, obwohl ich nicht viel getan habe und sage ihm nur, dass ich Spaß hatte. Zu gern würde ich noch Einzelheiten über ihn erfahren, aber ich traue mich nicht, ihn zu fragen. Wofür auch. Vielleicht sehe ich ihn nie wieder.

„Möchtest Du ein Glas Wein?"

„Ja, gern." Und wir liegen noch eine halbe Stunde bei einem Glas Wein nackt auf dem Bett und er erzählt von sich aus, dass er verheiratet ist, aber mit seiner Frau nichts mehr läuft. Er erzählt sein Bedauern darüber und ist überzeugt, dass auf die schönste Sache der Welt nicht verzichtet werden sollte. Komisch, dass ich fast genau diese Worte von Tristan damals gehört habe. Was ist denn nur mit den verheirateten Frauen los?

Leon steht auf und zieht sich an. Ich ebenso und denke, dass ich nachher Mercedes anrufe, um ihr mein erstes Erlebnis zu berichten. Sie hat mich bis jetzt zurückgerufen und ich mache mir Sorgen, aber wahrscheinlich, wie immer, geht es ihr gut.

„Würdest Du bitte, wenn wir in der Lobby sind, an der Tür nach links herausgehen und ich gehe nach rechts, so als würden wir nicht zusammengehören?"

„Das ist kein Problem. Mach´ ich."

Im Aufzug gibt er mir noch einen Abschiedskuss. Draußen angekommen geht er nach rechts, ich nach links und ich drehe mich auch nicht mehr um.

Im Auto versuche ich, als erstes Mercedes anzurufen. Wieder klingelt es, aber sie nimmt nicht ab. Komisch.

Und mit dem Gedanken mache ich mich auf den Weg nach Hause.

Kapitel 8

Am nächsten Tag habe ich, wie immer, ausgeschlafen. Es sind diese Kleinigkeiten, die den Tag für mich sehr angenehm machen, lange zu schlafen. Thomas hat mich für heute Abend zu einem Abendessen eingeladen und ich freue mich schon sehr darauf. Vielleicht eher auf das danach, als auf das Essen selbst. Mit einem seltsamen Gefühl, habe ich ein schlechtes Gewissen ihm gegenüber, aber noch einmal für meine Gedanken: ich bin doch nicht mit ihm zusammen und so sollte ich auch kein schlechtes Gewissen haben. Dennoch ist in mir eine Art von Unwohlsein. Soll ich ihm die ganze Geschichte erzählen? Apropos erzählen. Ich rufe erneut bei Mercedes an. Wieder klingelt das Telefon. Keine Reaktion. Ist ihr Handy defekt? Soll ich zu ihr hinfahren? Es ist nicht weit. Ich weiß auch nicht. Kaffee und Frühstück sind jetzt angesagt und mein Handy piept. Tom.

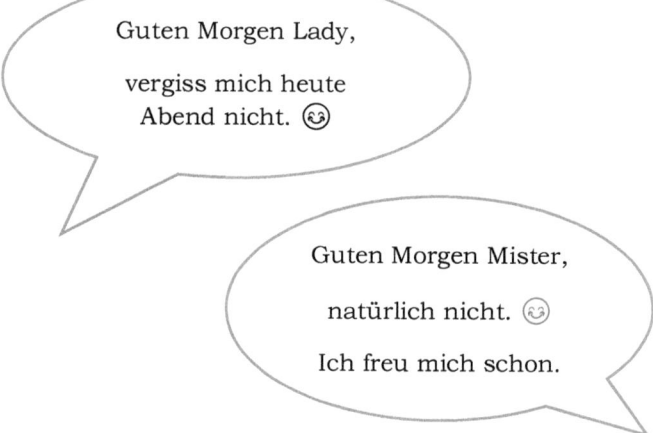

Guten Morgen Lady,

vergiss mich heute Abend nicht. 😊

Guten Morgen Mister,

natürlich nicht. 😊

Ich freu mich schon.

Thomas schreibt, für ihn ungewöhnlich, viele SMS in den vergangenen Tagen. Es gefällt mir und zeigt, dass er an mich denkt. Beim zweiten Pott Kaffee kommt mein schlechtes Gewissen wieder und ich frage mich, was Thomas für mich ist und ich für ihn. Eine nette Gelegenheit? Eine Affäre? Ein länger andauerndes Miteinander?

Was bin ich für ihn? Was ist er für mich? Auf eine Beziehung würde ich mich bei ihm einlassen. Die Zeit wird für mich arbeiten. Er gibt sich so viel Mühe und ermöglicht mir viele schöne Treffen.

Nach dem Frühstück gehe ich in aller Ruhe einkaufen und danach meine Wohnung aufräumen. Beides war bitter nötig, denn die letzten Tage war ich nur unterwegs und hatte dafür keine Zeit und schon befürchtet, dass mein Kühlschrank für sich selbst bestellt. Soll es schon geben. Bei mir nicht. Ich bestimme selbst, was in den kühlenden Räumlichkeiten einzieht und keine künstliche Intelligenz, die mir möglicherweise noch vorschlägt, was gesünder ist und ich die Limo weglassen soll, wegen dem hohen Zuckergehalt. Gegen siebzehn Uhr mache ich mich fertig, dusche ausgiebig und ziehe das kleine Schwarze über, Strümpfe dazu, High Heels, Haare hochgesteckt, mit ein paar herabfallenden Strähnen. Große silberne Creolen runden meinen Look ab. Perfekt. Pünktlich um achtzehn Uhr klingelt es an meiner Tür. Ich öffne und Tom steht vor mir.

„Guten Abend", haucht er mir entgegen und drückt mich wieder zurück in den Flur, sanft, aber bestimmt. Schließt die Haustür und drückt mich mit dem Gesicht zur Wand. Ich bin so überwältigt, dass ich mich nicht wehre. Er schiebt mein Kleid hoch und greift mir zwischen die Beine, schiebt meinen String beiseite und fingert mich im Stehen. Sein Körper drückt meinen an die Wand und mit der anderen Hand öffnet er seine Hose und befreit seinen Freund sprunghaft. Er hebt mich kurz an, zieht meine

Hüfte in seine Richtung und sein Schwanz gleitet in mich. Nicht so sanft wie beim letzten Mal, heftiger, gieriger und er beginnt sofort damit, mich zu ficken. Das kann man nicht miteinander schlafen nennen, das ist einfach ein geiler Fick. Immer wieder leckt er über meinen Nacken, beißt rein, saugt an meinem Ohrläppchen und fickt mich unaufhaltsam. Nach einigen heftigen Stößen komme ich in Wellen und es fühlt sich so an, als ob der Orgasmus von den Füßen aufsteigt und in meinem Unterleib hängen bleibt. „Weiter, bitte weiter." Und er fickt mich so gierig, dass er mich mit jedem Stoß ein wenig vom Boden abheben lässt. Er kommt nach ein paar Minuten mit einem Aufschrei und hält mich fest an sich gedrückt. Sein Schwanz steckt tief in mir und ich möchte ihn dort lassen, nicht verlieren, doch er hat sein Eigenleben und zieht sich langsam zurück. Sein Saft läuft an meinen Beinen runter und ich drehe mich um. Thomas küsst mich sofort und sagt: „Hallo, Lady." Ich lache ihn nur an, denn der Überfall war ungewöhnlich schön. Das hatte ich ihm nicht zugetraut.

„Hallo Mister. Jetzt können wir zum Restaurant fahren." Ohne dass ich im Bad verschwinde, rücke ich meinen String in die richtige Position, ziehe das Kleid in die passende Form, streiche kurz über meine Beine und verteile dort seinen Saft. „Okay, wir können los."

Im Restaurant angekommen gibt es seinen Lieblingswein, der auch mir mundet, und wieder viel zu üppiges Essen. Wir reden ununterbrochen, während wir essen, über alles Mögliche und auf einmal spüre ich seine

Hand an meinen Beinen. Sie wandert hoch zu meiner feuchten, nein, nassen Muschi und er dringt in mich ein. Wieder einmal völlig überwältigt, weiß ich gar nicht, wohin ich schauen soll, damit es keinem Gast auffällt, was wir in der hinteren Nische, wo sich unser Tisch befindet, so treiben. Die Tischdecke ist lang und verdeckt das heimliche Tun.

„Schau mich an, küss mich."

„Aber … ich … oh man …", und schon wandert seine Zunge in meinen Mund, er saugt fest an meiner. Ich kann nichts mehr sagen, denn ich spüre schlagartig, dass der nächste Orgasmus in mir hochsteigt. Ganz nah an meinem Ohr schiebt er seine Zunge erst hinein und flüstert dann: „Komm, ich halte Dich. Genieß es, ich fingere Dich jetzt und hier. Komm leise, niemand darf es mitbekommen. Lass es zu." Er merkt, wie ich komme und flüstert weiter: „Ja, komm, ganz langsam. Ich bin so lange in Dir, bis Du kommst." Das braucht er nicht zu erwähnen; in seinem Arm, mit seinen Fingern in meiner Muschi und dem Dirty Talk im Ohr geht das so schnell, dass ich selbst verblüfft bin.

„Gute Lady", flüstert er zum Schluss, und als wäre nichts gewesen, fragt er mit normaler Stimme, lächelnd:

„Das Filet ist hervorragend, meinst Du nicht auch?"

„Ja, auf den Punkt."

Er lacht laut los, als hätte ich den Witz des Jahrhunderts erzählt. Nach dem Essen bestellt Thomas uns noch Vanilleeis mit Schokoladensoße und lässt es sich nicht nehmen, einen Kleckser Schokoladensoße von meinem

Mundwinkel abzulecken. Unsere Zweisamkeit, die mit jeder Stunde mehr knistert, wird von seinem Handy unterbrochen, welches klingelt. Er entschuldigt sich bei mir: „Die Klinik", und nimmt das Gespräch an.

-Hallo, Thomas hier-

-ja-

-och ne-

-Leute, ist Dr. Wendt nicht da-

-nein-

-ja-

-ja, Ihr stört. Ich komme-

„Oh man, es tut mir echt leid, Lady. Ich muss in die Klinik, ein Notfall. Eine Frau wurde überfallen, zusammengeschlagen, mit Stichverletzung. Dr. Wendt ist schon im anderen OP und da bleibt nicht mehr viel übrig. Iss das Eis doch bitte in Ruhe, bestell Dir noch einen Kaffee, die Rechnung organisiere ich. Wenn Du möchtest, kannst Du zu mir fahren. Hier ist der Schlüssel zu meinem Haus, den wollte ich Dir schon die ganze Zeit geben und dann wartest Du dort auf mich, wenn Du magst. Fühl Dich dort bitte wie Zuhause."

„Danke, kümmere Dich jetzt nicht um mich. Ich komme schon klar. Die Frau braucht Hilfe. Bis später."

In dem Restaurant herrscht nicht viel Betrieb, sehr wenige Gäste sind anwesend. Niemand hat etwas mitbekommen. Thomas hat am Empfang Bescheid gegeben, dass ich bekomme, was ich möchte und sie ihm bitte die Rechnung an die Adresse auf seiner Visitenkarte zusenden. Er sei Arzt und muss zu einem Notfall. Diese Unannehmlichkeit ist kein Problem und ein Kellner erscheint an unserem Tisch.

„Haben Sie noch einen Wunsch? Es tut mir sehr leid, dass Ihre Begleitung vorzeitig gehen muss. Er hat am Empfang alles geregelt."

„Nein, danke. Ich genieße hier noch das Eis und dann werde ich mich auch auf den Heimweg machen. Obwohl, doch. Würden Sie mir bitte noch eine Tasse Kaffee bringen?"

„Gern, kommt sofort."

Ich trinke noch den Kaffee zu dem Eis und werde dann vom Kellner ein Taxi rufen lassen, denn ich habe mich dazu entschlossen, nicht zu ihm zu fahren, sondern nach Hause. Mittlerweile ist es schon eine Stunde her, dass Thomas gegangen ist. Um circa zweiundzwanzig Uhr sitze ich im Taxi und bin auf dem Weg nach Hause, als mein Handy klingelt. Thomas ruft an.

„Lydia, wo bist Du?"

„Im Taxi auf dem Weg nach Hause. Warum?"

„Kannst Du bitte zur Klinik kommen?"

„Warum?"

„Ich benötige hier Deine Hilfe. Bitte dreh um und komm zur Klinik."

„Okay. Ich komme. Bis gleich."

Ich sage dem Taxifahrer, dass er drehen soll und lasse mich zur Klinik fahren. Bereits am Eingang wartet Thomas auf mich. Ich gebe dem Taxifahrer das Fahrgeld mit Trinkgeld und steige aus. Thomas macht ein sehr ernstes Gesicht. Neben dem Eingang sehe ich zwei Polizeiwagen.

„Was ist denn los?"

„Komm bitte mit rein, ich muss mit Dir reden und die Polizei auch."

„Ich verstehe kein Wort."

Wir gehen den Korridor entlang zu seinem Büro, in welchem schon zwei Polizeibeamte stehen.

„Setzt Dich bitte", sagt Thomas leise.

Einer der Beamten richtet das Wort an mich: „Guten Abend. Heißen Sie Lydia Krasmer?"

„Ja, warum?"

„Wir haben bei einer Frau, die überfallen wurde, einen Zettel gefunden, in der Handtasche. Auf dem Zettel steht Ihr Name, den wir im Notfall benachrichtigen sollen. Mit Ihrer Telefonnummer, aber da Dr. Asland Sie persönlich kennt, hat er Sie angerufen."

„Mercedes. Nur sie hat einen Zettel mit meiner Telefonnummer in ihrer Handtasche. Oh nein, was ist passiert? Wo ist sie? Kann ich zu ihr?"

„Ich muss Ihnen leider eine … "

„Nein – nein – nein, nicht sie." Ich beginne zu weinen und zu schreien, sacke ineinander. „Nein … nicht Mercedes." Thomas steht neben mir, legt seine Hand auf meinen Rücken, schaltet sich ein und erklärt: „Ihre Verletzungen waren so schwer, wir konnten nichts mehr tun. Es tut mir so leid."

Ich sitze auf dem Stuhl gegenüber einem Schreibtisch und weine bitterlich. Meine einzige wahre Freundin ist tot. Ich schüttele minutenlang nur den Kopf und habe gar nicht gemerkt, dass Thomas den Raum verlassen hat und mit einer Spritze in der Hand zurückgekommen ist.

„Lydia, ich spritze Dir jetzt ein leichtes Beruhigungsmittel." Und ich halte ihm bereitwillig den Arm hin. Ist mir alles so egal, denn gerade fällt in mir eine Welt zusammen. Mercedes hatte immer solche Angst, überfallen zu werden. Nun ist es passiert und sie lebt nicht mehr. Konnten sie Mercedes nicht überfallen, aber leben lassen? Scheiß auf das Geld oder ihren Schmuck. Nur leben lassen. Nur leben. Und ich merke, wie das Mittel wirkt, das Thomas mir gespritzt hat, meine Augenlider werden schwer.

„Wir haben einige Fragen an Sie", fuhr der Polizeibeamte fort. „Sind Sie dazu noch in der Lage?"

„Können Sie das nicht auf morgen verschieben? Sie sehen doch, Frau Krasmer steht völlig neben sich."

„Na ja, normalerweise vernehmen wir Zeugen direkt, aber, wir können das auch morgen erledigen, ja."

Thomas lässt mich auf dem Stuhl sitzen und begleitet die Polizisten nach draußen. Mein Kopf schmerzt, meine Gedanken drehen sich und ich weine. Auf dem Flur redet er noch mit den Beamten, doch ich kann nichts davon verstehen. Ist mir auch egal. Aktuell habe ich nur Bilder von Mercedes vor Augen, wie sie lacht und bei jeder Begrüßung immer so überschwänglich ist, nein, war. Ich komme überhaupt nicht mehr klar.

Deswegen ist sie nicht ans Telefon gegangen. Aber, das passt doch alles nicht ...

Kapitel 9

Thomas hat mich mit zu sich nach Hause genommen und mir gesagt, dass ich jetzt nicht alleine sein soll. Während der Autofahrt zu ihm haben wir nicht miteinander geredet, ich habe nur geweint. Bei ihm angekommen, reicht er mir ein Glas Wasser und deutet auf das Sofa. Er fragt mich, ob ich über Mercedes reden möchte. Ich verneine seine Frage und neige den Kopf nach unten. Es tut so weh. Mitfühlend wie er ist, rückt er näher und nimmt mich wortlos in den Arm, hält mich einfach nur fest. Das fühlt sich gut an. Ich nehme es an und lasse mich in seine Arme sinken. Wieder sehe ich diese Lichtblitze, die in meinem Augenwinkel zucken. Aber darüber mag ich mir jetzt keine Gedanken machen, ich bin so müde und schlafe ein.

Am nächsten Morgen werde ich von der Türklingel geweckt. Im ersten Moment weiß ich gar nicht, wo ich bin, orientiere mich recht schnell und mir wird schlagartig alles wieder bewusst.

Mercedes.

Wie bin ich in dieses T-Shirt gekommen? Meine Aufmerksamkeit ist wieder da und ich gehe vom Schlafzimmer ins Wohnzimmer, mit Blick Richtung Küche und sehe Thomas mit zwei Polizeibeamten dort stehen. Ich will gerade wieder umdrehen und zurück ins Schlafzimmer schleichen, aber da im Haus alles sehr offen ist, hat mich einer der Beamten bereits bemerkt und wünscht mir einen guten Morgen. Na ja, gut ist der bisher nicht. Meine Freundin ist tot. Was soll daran gut sein? Die sollten wirklich einmal ein Seminar besuchen, in dem passende Ausdrucksweisen in bestimmten Situationen gelehrt wird. Seine Art ist hier an diesem Morgen nicht passend. Aber er will bestimmt nur freundlich sein.

Thomas kommt auf mich zu und schiebt mich wieder ins Schlafzimmer zurück. Auf einem Stuhl liegt eine Jogginghose von ihm. „Die ist zwar etwas zu groß, aber Du musst nicht halb nackt vor den beiden Beamten herumlaufen. Socken und Schlappen sind auch da. Die Schuhe hat meine Putzfee hiergelassen, könnten passen." Dankbar für seine Hilfe, ziehe ich die Sachen an.

„Was wollen die denn schon so früh?"

„Nun, es ist zwölf Uhr am Mittag und die haben noch ein paar Fragen. Eine Zahnbürste für Dich liegt übrigens im Bad. Gestern Abend habe ich denen gesagt, dass Du morgen bei mir anzutreffen bist."

„Ups, es ist schon zwölf Uhr. So lange habe ich geschlafen."

Thomas geht zurück in die Küche und ich auf direktem Weg ins Bad. Durch die verschlossene Tür kann ich nur Wortfetzen verstehen. Die Zähne sind fix geputzt und die Haare mit feuchten Fingern zurechtgezupft, wie ich es fast jeden Morgen mache. Bis jetzt habe ich nicht geweint und ich hoffe, dass ich nicht wieder so zusammenfalle wie gestern Abend.

In der Küche hat Thomas schon einen Kaffee für mich zubereitet und jeder der Beamten hat ebenfalls einen Kaffeepott vor sich stehen.

„Frau Krasmer, sind Sie heute in der Lage, uns einige Fragen zu beantworten?"

„Ja, bin ich. Fragen Sie bitte."

„Warum hatte Frau Barmers einen Zettel mit Ihrer Telefonnummer in der Tasche?"

Warum wohl? Leicht genervt erzähle ich den Beamten, dass Mercedes seit langen Jahren meine Freundin ist und sie keine Verwandten mehr hat. Irgendwann einmal bat sie mich, einen solchen Zettel, nur für den Notfall, bei sich zu tragen und ich gab mein Einverständnis dazu. Denn ich weiß, dass sie niemanden mehr hat, nicht einmal Kinder. Mir war allerdings nicht klar, dass dieser Zettel so zeitig zum Einsatz kommt.

„Sie sind also jahrelang befreundet. Wissen Sie zufällig, wo Frau Barmers gestern Abend war?"

„Nein, weiß ich nicht."

„Auf dem Handy Ihrer Freundin waren mehrere Anrufe von Ihnen. Warum haben Sie sie so oft angerufen?"

„Ich wollte nur mit ihr reden. Wie man das so macht. Und als ich sie nicht erreicht habe, versuchte ich es mehrmals. Sie hatte die Angewohnheit nach Belieben ans Telefon zu gehen, nahm nicht jeden Anruf an, doch mich hat sie immer zügig zurückgerufen, nur an dem Tag nicht."

„Was war denn so wichtig, dass Sie so oft bei ihr angerufen haben?"

„Sie ist meine Freundin."

„Wussten Sie von dem Job, den Ihre Freundin ausübte?"

„Ja, wusste ich."

„Und Sie hatten keine Probleme damit, dass Ihre Freundin eine Prostituierte war?"

„Nein. Überhaupt nicht, warum auch. Das ist ein Job, wie jeder andere auch."

„Nun, das sehe ich anders, aber es tut nichts zur Sache. Was machen Sie beruflich?"

Jetzt erzähle ich die Geschichte von der Tankstelle, meinem Unfall und dass ich seit einiger Zeit im Krankenstand bin. Der Beamte schaut mich sehr seltsam an, als würde er mir nicht glauben.

„Wo waren Sie gestern Nachmittag und an dem Abend davor?"

„Ich? In der Stadt einkaufen, Kaffee trinken, etwas essen. Darf ich bitte auch mal etwas fragen? Was ist denn mit Mercedes überhaupt passiert?"

„Sie wurde wahrscheinlich bei ihrer Arbeit im Hotelzimmer von einem Freier ausgeraubt und anhand der Spuren hat sie sich heftig gewehrt, aber durch einen gezielten Messerstich verließ sie die Kraft. Sie wurde von einer Hotelangestellten gefunden, die das Zimmer herrichten wollte. Zu dem Zeitpunkt hat sie noch gelebt, aber der Stich war so unglücklich, dass die Ärzte nichts mehr tun konnten."

Nun beginne ich doch wieder zu weinen und Thomas schlägt vor, eine Pause zu machen. „Möchtest Du eine rauchen?" Mit diesen Worten schiebt er mich vor sich her nach draußen und stellt sich mit mir vor die Tür.

Die Zigarette beruhigt mich ein wenig. Ein Polizeibeamter folgt uns und ich fühle mich einfach nur beobachtet. Der andere Beamte kommt nur wenige Sekunden später dazu.

„Frau Krasmer, wir sind hier erst einmal fertig. Falls wir noch Fragen haben, melden wir uns."

Die Information nehme ich hin, ohne eine Miene zu verziehen und verabschiede mich. Doch dann fällt mir ein: „Moment bitte. Kann ich Mercedes noch ein letztes Mal sehen, mich von ihr verabschieden?"

„Natürlich, sobald sie freigegeben ist. Auf Wiedersehen."

Ja, hoffentlich nicht, denke ich so bei mir, schaue hinter den Beamten her, wie sie zum Auto gehen und sage keinen Ton. Thomas schaut mich an und sein Blick bleibt auf mir kleben.

„Was ist?", frage ich ihn.

„Warum bist Du so unfreundlich zu der Polizei? Die machen doch nur ihren Job."

„Ich glaube, ich stehe einfach neben mir. Das ist mir alles zu viel. Kann ich bitte noch einen Kaffee bekommen?"

„Ja klar, ist reichlich da." Mit diesen Worten gehen wir wieder ins Haus, nehmen noch einen Kaffee und frühstücken. „Leider beginnt mein Dienst gleich, aber Du kannst gerne hierbleiben, wenn Du magst."

„Nein, ich möchte nach Hause. Kannst Du mich bitte dort absetzen?"

„Das ist doch kein Problem, Liebes, gerne."

Zu Hause angekommen, falle ich völlig erschöpft auf das Sofa. Die Gedanken sind bei Mercedes und ich bin überhaupt nicht in der Lage, klar zu denken. Meine Hundedame ist immer noch bei der Hundesitterin und ich denke mit Schrecken an die Rechnung, die da kommen wird. Aber ich beschließe, sie morgen zu holen und mir noch einen Tag zum Durchatmen zu geben. Auf dem Sofa schlafe ich ein, mit meinen bereits bekannten Lichtblitzen in den Augen. In meinem Traum holt mich meine Kindheit ein:

Und urplötzlich befinde ich mich wieder in meinem Elternhaus, in der Küche. Diese Küche besteht aus aneinander gestellten Schränken in cremeweiß mit silberfarbenen Griffen. Jede Schranktür hakt und jede Schublade quietscht. Mit Luxus hat das nichts zu tun, eher mit lieblos und bedeutungslos. Meine Eltern hatten nie etwas übrig dafür, unser Zuhause gemütlich zu gestalten.

Es sind die Siebzigerjahre, ich bin acht Jahre alt. Mutter arbeitet in der Küche. Sie trägt den blau rot karierten Kittel, wie jeden Tag, an dem schon eine Tasche halb abgerissen nach unten hängt. Ihr ist es nicht wichtig, doch ich bemerke diese Kleinigkeiten. Dass dieser Kittel mal in der Waschmaschine war, habe ich nicht erlebt oder nicht mitbekommen. Sie verrichtet die Hausarbeit nur halbherzig, denn sie hasst Hausarbeit, wie kochen, putzen oder Staub wischen. Und so sieht es auch bei uns zu Hause aus, recht schmuddelig. Ich sitze am Küchentisch und bin mit meinen Hausaufgaben beschäftigt, wobei ich lieber nach draußen gehen möchte, um mit den Kindern aus der Nachbarschaft zu spielen. Mutter ermahnt mich, wie jeder Satz von ihr eine Ermahnung beinhaltet, dass zuerst die Hausaufgaben erledigt werden und wir dann noch ein Diktat üben. Wie ich es hasse; jeden Tag üben wir Diktate. Das sieht dann so aus, dass Mutter mir einen Text aus der aktuellen Tageszeitung, die jeden Morgen gebracht wird, diktiert und ich möglichst keine Fehler mache. Früh habe ich schreiben gelernt und meine Mutter hat mir immer, natürlich mahnend, gesagt, dass ich in der Schule gut sein muss, um mal etwas Besseres zu werden. Etwas Besseres. Was ist etwas Besseres? Sie meinte dann immer: du musst studieren, werde Arzt oder Rechtsanwalt, dann verdienst du gutes Geld und bist in der Familie angesehen. Mein Vater war immer überzeugt, ich werde Kriminalkommissarin. Das wünschte er sich für mich. Alles blieb ein Traum. Diesen Satz „dann bist du in der Familie angesehen", habe ich so oft gehört, aber damals nie verstanden, was er überhaupt zu bedeuten hat. Ich war acht Jahre alt.

Die Hausaufgaben hatte ich erledigt. Meine Mutter wuselte immer um mich herum und beobachtete ganz genau, an welchem Fach ich gerade arbeite. Und wenn ich fertig war, kam der Satz: „Nimm deinen Füller, es geht los", und sie diktierte einen langen Absatz aus der Zeitung. Den korrigierte sie danach mit einem Rotstift und wenn ich mehr als fünf Fehler hatte, kam jedes Mal die Aussage: „Du kommst nicht nach meiner Familie, in dir fließt nur Vaters Blut." Und an diese Aussage hängt sie noch, dass ich ohnehin von ihr nicht gewollt war und ich jetzt nicht wieder anfangen soll zu heulen. Aber der Satz, auch wenn ich ihn schon x-mal gehört habe, tat so weh. Wie kann eine Mutter zu ihrem Kind sagen, dass es nicht gewollt war? Warum gab sie mich dann nicht her und ich wäre *vielleicht in einer netten Familie, eventuell mit Geschwistern, aufgewachsen? Mutter hatte die Gabe, ihre Unzufriedenheit permanent an mir auszulassen. Immer und immer wieder. Ich hatte in diesem Diktat sechs Fehler, es war ein langer Text und ich musste auch noch in Schönschrift schreiben, sonst hätte sie alles durchgestrichen und es gab einen neuen Text, ebenso lang. Aber auch nach diesen sechs Fehlern diktierte sie mir einen neuen Text. Dann wurde es meist Spätnachmittag und meine Freunde waren schon alle nach Hause gegangen. An diesem Tag gab es den neuen Text für mich, einen kürzeren Absatz aus der Zeitung, den ich mit Tränen schrieb, mich trotzdem versuchte zu konzentrieren. Gott sei Dank hatte ich in diesem Text nur zwei Fehler und Mutter ließ mich in mein Zimmer gehen. Widerworte oder Fragen zu den Sätzen von Mutter, in denen sie glasklar aussagte, dass ich unerwünscht war, ließ sie nicht zu. Das habe ich versucht und es wurde mit einer schallenden Ohrfeige beantwortet. Auch von denen gab es reichlich. In meinem Zimmer stand ein kleiner Schreibtisch, und ich hatte oft lange an diesem gesessen, manchmal bis spätabends, und Texte geübt, abgeschrieben, damit die Diktate besser funktionierten und Mutter nichts mehr zu meckern hatte und sie meine Bemühungen sah. Aber das Gegenteil war der Fall, sie kam nicht einmal abends in mein Zimmer, um mir eine gute Nacht zu wünschen.*

Dass all meine Bemühungen völlig vergebens waren, habe ich damals nicht verstanden. Egal, was ich Gutes getan habe, es wurde von meiner Mutter nicht gesehen. Nie.

Das Telefon klingelt und reißt mich aus meinem Kindheitstraum, von denen ich reichlich habe. Braucht kein Mensch. Auf der Anzeige sehe ich den Namen Janett. Sie hat mir gerade noch gefehlt. Ich bin viel zu schusselig, noch zu verschlafen, um mit ihr zu reden und beschließe, das Handy einfach klingeln zu lassen. Sie hat Ausdauer und versucht es nach genau einer Minute erneut, lässt sehr lange klingeln. Doch ich bin in die Küche gegangen, bereite mir einen Kaffee und schaue auf die Uhr. Mittlerweile ist es achtzehn Uhr und eigentlich zu spät für Kaffee, aber mir ist genau jetzt danach. Die Kaffeemaschine benötigt sehr lange für meinen Wachmacher und ich warte auf dem Sofa, auf welchem ich die Decke falte und die Kissen wieder in Position lege. Alles hat bei mir seinen Platz. Das ist auch aus den Kindertagen in meinem verkommenen Zuhause übriggeblieben, dass ich wenig besitze und alles immer sofort an seinen Platz zurück räume. Als Mattis noch hier war, habe ich es immer gehasst, dass er so oberflächlich mit meinen Sachen umging. Es war ihm egal, auch wenn ich es oft angesprochen habe, dass mir Ordnung wichtig ist. Er ignorierte es und leider erinnerte er mich mit dieser Art immer an früher.

Endlich ist der Kaffee fertig und ich nehme mir einen großen Pott mit zum Sofa, schalte den Fernseher ein und versuche mich ein wenig abzulenken. Das Telefon klingelt erneut, Janett gibt nicht auf. Ich bleibe hart. Keine fünf Minuten später klingelt es an der Tür und ich frage mich, was hier eigentlich los ist, warum ich so wichtig bin, wofür auch immer. Ich bin nicht auf Besuch eingestellt, öffne aber dennoch die Tür. Die Polizeibeamten von heute Mittag stehen dort.

„Hallo Frau Krasmer, haben Sie einen Moment Zeit?"

„Ja, kommen Sie herein."

„Danke, wir wollen Sie auch gar nicht lange aufhalten. Sagen Sie, wissen Sie um die Verwandtschaft von Frau Barmers?"

„Nein, sie hat mir immer erzählt, dass es niemanden mehr gibt. Verheiratet war sie nicht oder nie, Geschwister oder Kinder hat sie keine, ihre Eltern sind schon lange verstorben. Nein. Aber, das habe ich doch heute Mittag schon erzählt."

„Heute Mittag standen Sie ein wenig neben sich."

„Glauben Sie, es ist ein paar Stunden später besser?"

„Nein, ähm … oder doch …", der Beamte fängt leicht an zu stottern und der Kollege schaltet sich ein. Schon sehr einschüchternd, wenn zwei Polizeibeamte vor einem stehen. Es fühlt sich an, als wäre ich ein Schwerverbrecher.

„Können Sie sich vorstellen, wer das Frau Barmers angetan hat? Hatte sie mit irgendjemandem Streit?"

„Mmmmhhh, nein, aber Mercedes hat mir mal von einem Kunden erzählt, der sie miserabel behandelt hat. Aber den kenne ich nicht und ich weiß auch nicht genau, wann das war. Es ist schon länger her, als sie mir das erzählte."

„Könnte die Escortagentur davon wissen?"

„Da müssen Sie dort nachfragen, keine Ahnung." Die wissen also schon, dass Mercedes bei der Agentur arbeitet. Dann finden sie auch rasch heraus, dass ich ebenfalls dort gelistet bin. Ich muss dringend mit Janett telefonieren. Sie muss mich löschen. Hat mich nie gesehen. Eventuelle Termine löschen.

„Werden wir. Und wir möchten Ihnen noch sagen, dass die Leiche von Frau Barmers freigegeben ist. Sie können sie noch einmal sehen."

„Oh, danke, ja", stammele ich leise.

„Wir lassen Sie jetzt vorerst in Ruhe. Vielen Dank für die Auskunft. Schönen Abend für Sie."

„Tschüss", antworte ich nur knapp und schließe die Tür hinter den Beamten, stelle mich dagegen und hole tief Luft. Was hat das Wort -vorerst- zu bedeuten? Wollen die jetzt jeden Tag zweimal vorbeikommen? Die sollen sich ihre Fragen aufschreiben, so müssen die nicht ständig stören. Mittlerweile ist mein Kaffee fast kalt.

Ich rufe sofort Janett an, um ihr klarzumachen, dass sie mich löschen muss. Aber das gestaltet sich als nicht so einfach und ich verabrede mich übermorgen mit ihr, um alles Weitere zu besprechen. Sie verspricht, mein Profil vorerst in Pause zu setzen, erzählt mir aber auch im gleichen Atemzug, dass Leon mich heute aktuell für das Wochenende gebucht hat. Sie hat ihm aber noch keine Zusage gegeben und wollte erst mit mir reden. Deshalb hat sie angerufen. Leon geht gar nicht und ich erzähle ihr, dass er ein Kollege von meinem Eventuell-Freund ist und ich mich mit ihm nicht mehr treffen werde. Janett ist überrascht, dass ich einen Freund habe, aber noch mehr darüber, dass ich Leon ablehne. Sie meint, er ist bei allen Damen sehr beliebt, weil er so höflich und sanft ist. Sie ahnt gar nicht, wie egal mir diese Aussage ist und wie gleichgültig mir dieser Mann ist. Blond … konnte ich noch nie leiden und hatte ich auch noch nie Glück damit. Freundlich verabschiede ich mich von Janett und bestätige ihr abermals, dass ich übermorgen vorbeikomme.

Der Fernseher läuft und ich nehme meinen kalten Kaffee, der die ganze Zeit auf dem Wohnzimmertisch wartet, sinke auf mein Sofa, bis das Telefon erneut klingelt. Der Klingelton von Tom. Bevor ich etwas sagen kann:

„Lydia, ich bin´s. Mercedes ist freigegeben. Möchtest Du sie sehen? Dich verabschieden?"

„Hey Thomas, ja, ich weiß, aber heute nicht mehr."

„Woher weißt Du?"

„Die Polizei war schon wieder bei mir, ist vor fünfzehn Minuten aus der Tür raus."

„Schon wieder?"

„Ja, nervt mich auch. Ich komme morgen. Heute Abend bleibe ich hier. Wie lange hast Du Dienst?"

„Bis morgen Abend."

„Okay. Ich komme morgen gegen Mittag und frage dann nach Dir."

„So machen wir das, Lydia. Mach Dir einen entspannten Abend."

„Dir einen ruhigen, stressfreien Dienst. Bis morgen."

Kapitel 10

Thomas hat mich nach meiner Ankunft in der Klinik auf direktem Weg in sein Büro geschoben und gesagt, ich solle hier auf ihn warten, er habe noch zu tun. Das Büro von ihm sieht freundlich aus. Große Fenster, dadurch sehr hell, die Möbel in hellem Holz und ein sehr gemütlicher Chefsessel an einem in Shabby gestrichenen Schreibtisch. Auf diesem liegen so viele Papiere und Ordner, dass von oben kein Holz mehr zu sehen ist. Hauptsache, Thomas blickt noch durch und findet alles wieder. Der Anblick des Schreibtisches ist nichts für meine Augen, denn ich liebe bekanntlich Ordnung. Auf meinem Schreibtisch zu Hause liegt alles an seinem Platz und die Ordner in Reihenfolge im Schrank. Der Holzstuhl vor dem Schreibtisch, auf den ich mich gesetzt habe, besitzt eine sehr weiche Sitzfläche und eine hohe Lehne, passt aber von seiner Schnitzerei her nicht in den Raum. Normalerweise bin ich nicht neugierig, aber einen kleinen Blick in die ein oder andere Akte würde ich mir schon gerne gönnen, doch ich verwerfe diesen Gedanken direkt wieder. Draußen auf dem Flur höre ich geschäftiges Treiben, laute Stimmen, eine Tür knallt, dann eine weitere und ich erstarre leicht auf meinem Trödelstuhl, wie ich ihn nenne. Wenn ich jetzt in die Papiere geschaut hätte und es wäre jemand in das Büro gekommen, peinlich, peinlich. Und so klebe ich förmlich an der Lehne, damit kein Verdacht in irgendeiner Weise auf mich fällt. Es reicht mir schon, dass die Polizei mich nach einem Alibi gefragt hat. Darüber bin ich echt angezickt und ich habe die Beamten angelogen. Aber zu dem Zeitpunkt wollte ich natürlich nicht sagen, wo ich war. Thomas muss das nicht wissen.

Die Stimmen werden leiser und die Tür hinter mir öffnet sich.

„Tut mir leid, dass Du so lange warten musst. Manchmal läuft nicht alles nach Plan. Irgendjemand hat in dem heutigen Operationsplan Mist gebaut und jetzt muss ich sehen, wie ich das regele."

„Macht doch nichts. Es ist gemütlich hier."

„Ja, wenn man noch den Schreibtisch von oben sehen könnte, wäre es noch schöner." Wie witzig, er hat den gleichen Gedanken wie ich. „Möchtest Du einen Kaffee?"

„Nein, jetzt nicht, später vielleicht. Ich möchte zu Mercedes."

„Okay, dann los. Wir fahren nach unten." Der Fahrstuhl ist nur einige Meter von seinem Büro entfernt und als wir darin stehen wird mir schwindelig, aber ich versuche mir nichts anmerken zu lassen. Thomas hat schon reichlich Arbeit mit mir. Einen kurzen Moment später öffnet sich die Fahrstuhltür wieder und wir gehen in einen langen Korridor, hellgelb angestrichen, ohne Bilder an den Wänden, ohne Deko und an der letzten Tür rechts machen wir Halt.

„Lydia, ich lasse Dich nicht allein." Nimmt mich in den Arm und ich fange vor der Tür schon an zu weinen. Er öffnet die Tür und wir betreten einen strahlend hellen Raum mit grauen Fliesen an Wänden und Boden, Neonröhren an der Decke. Es riecht nach

Desinfektionsmitteln. In der Mitte des Raumes steht ein Metalltisch und Mercedes liegt darauf, mit einem Tuch abgedeckt. Thomas begrüßt kurz seinen dort anwesenden Kollegen, der dann recht schnell den Raum verlässt. Vorsichtig gehe ich zu dem Tisch und kann vor lauter Tränen kaum sehen. Gut, dass Thomas an meiner Seite ist. Er nimmt das Tuch am Kopf hoch und zieht es bis zum Hals herunter. Jetzt sehe ich nur ihren Kopf, der sieht etwas blass aus, aber nicht unnatürlich. Sie sieht fast aus wie immer. Die Augen geschlossen und der Mund, so meine ich, zeigt ein leichtes Lächeln. Ich streiche ihr über die Wange und bemerke nicht, dass Thomas ein Stück zurückgewichen ist. „Liebes, das ist alles so unwirklich. Da, wo Du jetzt bist, hast Du es gut", flüstere ich und beuge mich zu ihr und küsse sie auf die Wange. „Mach´s gut, meine beste Freundin, ich liebe Dich." Tränen laufen wie ein Wasserfall über mein Gesicht. Ich habe gar nicht so viele Papiertaschentücher eingepackt und ich bemerke Thomas´ Hand von hinten, die mir einen großen Streifen Papiertuch reicht, den ich dankend annehme. Thomas tut immer alles zur richtigen Zeit. Er greift mich von hinten an meine Schultern, als wolle er mich stabilisieren und ich drehe mich um und versinke in seinen Armen und weine. Er hält mich nur fest, sagt kein Wort. Wir drehen uns um und verlassen diesen für mich schrecklichen Raum. Ich verlasse meine Freundin und es zerreißt mich so sehr.

Auf demselben Weg, wie wir gekommen sind, gehen wir wieder zurück und als wir im Fahrstuhl angekommen sind, atme ich tief durch.

„Alles okay bei Dir?"

Abermals hole ich tief Luft. „Ja, das ist alles so unwirklich. Das habe ich auch zu Mercedes gesagt."

„Habe ich gehört."

„Kann ich jetzt einen Kaffee bekommen?"

„Klar, wir gehen in mein Büro, da hast Du Ruhe."

Wieder oben angekommen laufen wir die paar Meter durch den Flur zu seinem Büro. Immer noch herrscht hier Unruhe. Eine Tür knallt erneut und ein Mann mit weißem Kittel kommt uns im Stechschritt entgegen. Dieser Mann grüßt Thomas nur kurz:

„Hey Tom."

„Dr. Wendt, warum so eilig?"

„Ich muss runter, später mehr."

„Alles klar, bis gleich."

Dr. Wendt läuft an uns vorbei und mir stockt der Atem, aber mit meinen verheulten Augen erkenne ich ihn genau. Leon, mein Gast von der Agentur. Leon ist der Kollege von Thomas? Oh Gott, hoffentlich hat der mich nicht erkannt. Mir schießen sofort alle möglichen Szenarien durch den Kopf. Hat er mich erkannt? Reden die Männer über ihre privaten Aktivitäten? Dr. Wendt lief allerdings so schnell an uns vorbei und mein verheultes Gesicht würde nur meine Mutter erkennen, wenn überhaupt. Trotzdem durchfährt ein Stromschlag durch meinen Körper und meine Augen beginnen wieder seltsam zu zucken. DEN habe ich HIER nicht erwartet und ich bin froh, als wir im Büro ankommen, Thomas die Tür schließt und wir alleine sind. Der Kaffee folgt prompt. Die ganze Aktion mit Mercedes hat eine gute halbe Stunde gedauert und ich sitze wieder auf dem Trödelstuhl. Thomas reicht mir keine Tasse, sondern direkt einen Pott. Milch hat er schon eingefüllt und umgerührt. Doch den Gedanken, wie fürsorglich er ist, nehme ich gar nicht wahr. Ich bin mit meiner Denkerei im Flur hängen geblieben.

„Jetzt hast Du auch meinen Kollegen, Dr. Wendt, gesehen."

Thomas versucht, die Situation aufzulockern, doch das gelingt nicht wirklich.

„Ja, er war aber sehr aufgeregt und hatte es eilig." Versuche ich normal zu antworten. Und ich war froh, dass er es so eilig hatte und nicht bei uns stehen geblieben ist. Thomas ist immer so höflich, mir fast jeden, den er trifft, vorzustellen. Dieses Treffen hier Gott sei Dank nicht, das wäre sehr peinlich geworden.

„Wie geht es Dir?", fragt er fürsorglich.

„Geht langsam wieder. So oft habe ich nicht die unangenehme Möglichkeit, einen Toten zu sehen. Aber Mercedes sieht aus, als würde sie schlafen."

„Ja, die einen so, die anderen nicht so schön."

Unser Gespräch wird vom Klingeln seines Telefons unterbrochen.

-Ja.-

-Ich komme.-

Mit diesen Worten legt er auf.

„Ich muss wieder zur Notaufnahme. Du kannst gerne noch hierbleiben, es dauert bestimmt nicht lange."

„Mach mal. Du musst schließlich auch arbeiten."

Er küsst mich kurz auf meine Haare und verschwindet durch die Tür. Sein weißer Kittel fliegt ein wenig nach und es erweckt den Eindruck, als ob der Kittel sich in der Tür einklemmt, was er nicht tut. Jetzt sitze ich da, mit meinem Kaffee und mein erster Gedanke ist: ich muss hier weg. Bloß nicht Leon begegnen. Schnell leere ich den Pott Kaffee, nehme meine Tasche, werfe mir meine Jacke über, gehe zur Tür und öffne sie nur einen Spalt, sodass ich durchschauen kann, wer sich auf dem Flur befindet. Niemand da. Ich laufe schnell den Gang entlang bis zur Eingangshalle. Dort angekommen schweift mein Blick wie ein Scanner von links nach rechts. Leon ist nirgendwo zu sehen, ich sehe ihn zumindest nicht. Die Ausgangstür liegt links von mir und ich gehe schnell, aber nicht zu schnell, um keine Aufmerksamkeit zu erregen. Jetzt muss ich nur noch durch die Schiebetür schlüpfen und dann werde ich diese Klinik nie wieder betreten. So nehme ich es mir vor. Draußen neben dem Ausgang auf der rechten Seite befindet sich eine überdachte Raucherecke. Seit einigen Jahren darf bekanntlich in keinem öffentlichen Gebäude mehr geraucht werden.

„Hallo." Höre ich recht leise neben mir.

Mir bleibt der Atem im Hals stecken und ich drehe mich um. Leon steht in der Raucherecke.

„Hallo Leon." Antworte ich ebenso leise und verdrehe die Augen, was er nicht sehen kann.

„Warst Du nicht eben mit Dr. Asland im Flur?"

„Ja."

„Ah, was machst Du hier?"

„Nichts Besonderes. Du, tut mir leid, aber ich habe es furchtbar eilig."

„Vielleicht sehen wir uns ja noch einmal."

„Vielleicht." Und mit dem Schlusssatz drehe ich mich um und verlasse die Raucherecke. Oh man, was für ein Chaos. Muss er gerade in dieser Klinik arbeiten? Ich muss hier weg, war mein einziger Gedanke und ich laufe den gepflasterten Fußweg entlang in Richtung Parkplatz. Hinter mir höre ich Schritte, fühle mich verfolgt, drehe mich um, doch es ist nur ein Pärchen, welches denselben Weg entlangläuft. Jetzt beginne ich schon, Halluzinationen zu entwickeln. Am Auto angekommen, steige ich schnell ein, obwohl niemand mehr in meiner Nähe ist.

Da Thomas noch bis heute Abend zu tun hat, beschließe ich nach Hause zu fahren. Mir reicht die Aufregung bis jetzt.

Kapitel 11

Der gestrige Abend ist für mich ruhig verlaufen. Meinen Schlafplatz finde ich in der Nacht auf dem Sofa, denn ich bin vor dem Fernseher eingeschlafen. Zwischendurch werde ich immer wieder kurz wach, denke, der Fernseher läuft. Er ist aber aus. Jetzt fange ich auch noch an Stimmen zu hören, und diese Lichtblitze im Auge sind wirklich nervig. Wo kommen die nur her? Den Morgen beginne ich in Ruhe mit einem guten Frühstück und einem Rundgang mit meiner Hundedame, die ich gestern noch auf dem Rückweg von der Klinik abgeholt habe. Sie hat die ganze Nacht vor dem Sofa geschlafen und sich nicht wegbewegt. Jetzt sitzt sie neben dem Küchentisch und schaut mich bettelnd an. Grundsätzlich reiche ich ihr nichts vom Tisch, während ich esse und auch heute mache ich da keine Ausnahme. Sie denkt bestimmt, ich gebe ihr ein Stückchen Wurst, doch ich bleibe hart. Mein Handy klingelt und Janett ist am anderen Ende. Sie muss den Termin heute Mittag verschieben, weil sich die Polizei angemeldet hat. Ich bitte sie abermals, alles von mir zu löschen und nichts über mich zu verraten. Sie soll sich etwas einfallen lassen, wie: Datenschutz, Schutz der Angestellten und Gäste oder Ähnliches in dieser Richtung. Ich flehe sie förmlich an und erzähle ihr, dass ich die Polizei angelogen habe, was den besagten Abend betrifft, als Mercedes umgebracht wurde. Das war, glaube ich, ein großer Fehler, aber wenn ich die Wahrheit gesagt hätte, hätte Thomas erfahren, was ich treibe und das will ich nicht. Ich möchte ihm nicht wehtun. Janett und ich verabreden uns für den Nachmittag und verabschieden uns freundlich.

Gerade als ich aufgelegt habe, klingelt es an der Haustür. Es ist Thomas und ich bitte ihn herein. Das, was in den vergangenen Tagen an meiner Haustür und meinem Telefon los ist, ist sehr ungewöhnlich in meinem Leben. Normalerweise erhalte ich sehr wenig Besuch, von der Polizei schon gar nicht, und ich telefoniere auch selten. So viele Freunde habe ich nicht, besser gesagt, außer Mercedes und Thomas niemand. Mercedes kommt vielleicht einmal im Jahr zu mir, wenn überhaupt. Wir treffen uns aber oft in der Stadt. Sonst ist da niemand, der mich besuchen könnte oder wollte. Die Freundschaften aus der Vergangenheit haben ein Eigenleben entwickelt, indem sie eingeschlafen sind und ich möchte diese auch nicht mehr aufwecken. Viele Freunde haben sich von mir abgewendet, das ist eine lange Geschichte. Crissi kommt gelegentlich vorbei.

„Waren wir verabredet? Mit Dir habe ich nicht gerechnet."

„Nein, mit wem denn? Aber ich habe mir gedacht, Du freust Dich." Und zieht einen kleinen Blumenstrauß hinter seinem Rücken hervor.

„Ja, ich freue mich." Ich umarme ihn herzlich und bedanke mich für die Blumen, rote Rosen, drei Stück mit irgendwelchem grünen Gesträuch umrandet. „Danke."
Er hält mich fest im Arm und seine Umarmung tut einfach nur gut.

„Darf ich Dir Frühstück anbieten?"

„Genau deshalb bin ich gekommen, ich verhungere." Er zieht eine Brötchentüte aus einem Baumwollbeutel hervor und grinst mich charmant an. Dieses Grinsen, mit seinem sinnlichen Mund, ist so ansteckend. Wenn ich es sehe, könnte ich ihn sofort küssen. Unaufhörlich. Wir besitzen beide Falten im Gesicht, mich zeichnen sie alt, so habe ich das Empfinden, aber bei ihm stellen diese Falten sein Gesicht noch attraktiver dar, noch anziehender, als es ohnehin schon ist. Er ist so ein toller Mann. Ich werde jetzt die Frage stellen, die mich schon lange neugierig macht:

„Darf ich Dir bitte eine Frage stellen, die mich schon lange interessiert?", frage ich ganz vorsichtig.

„Ja, frag. Bei Fragen, bitte fragen."

„Nun, es wird Dir vielleicht etwas komisch vorkommen, aber, warum ich? Du hast täglich mit Frauen zu tun, hübschen jungen Frauen. Warum hast Du mich ausgewählt?"

Mein Herz schlägt gleich aus meinen Ohren heraus, ich bin so nervös bei dieser Frage, weil ich Angst vor der Antwort habe.

Diese Frage habe ich immer mal wieder in der Vergangenheit gestellt und eine Antwort in damaliger Zeit klingelt mir noch im Ohr: Du fickst gut. Doch das war nicht das, was ich hören wollte. Eigentlich hatte ich mir vorgenommen, diese Frage nie mehr zu stellen, aber Thomas ist einfach zu lieb und ich möchte mir, nicht zu einhundert Prozent, aber schon recht sicher sein, was ihn betrifft. Die Frage ist mir jetzt schon peinlich.

„Aber Süße, das ist doch ganz einfach. Du lagst vollkommen hilflos im Krankenhaus und hast dort, ohne dass Du es wolltest, sehr viele Kriterien, die ich an eine Frau stelle, erfüllt. Aber einen essenziellen Punkt hast Du zu einhundertfünfzig Prozent erfüllt. Du bist authentisch, Du verstellst Dich nicht."

„Und was sind die anderen Punkte?", frage ich sehr neugierig und bin nervöser als vorher.

„Normalerweise redet man darüber nicht, aber der Mut, das zu fragen, imponiert mir. Ich habe Dich zum ersten Mal in der Notaufnahme gesehen, direkt nach Deinem Unfall. Du warst blutig, mit Schmutz bedeckt. Wir haben Dich versorgt und als Du aufgewacht bist, hast Du nichts gefordert. Bist nicht aufdringlich, hast Dich für alles mehrfach bedankt, nichts hast Du als selbstverständlich genommen, warst genügsam und ruhig. Dann habe ich Mattis kennengelernt, der nur nervig wirkte und gar nicht zu Dir gepasst hat. Meine Meinung. Ich habe viele Menschen gesehen, die nach einer Operation aufwachen und nur fordern, sodass unser Personal die Augen verdreht und die eine Pflegekraft der anderen die Arbeit und Betreuung zuschiebt, weil sie zu einigen Patienten nicht hingehen möchten, aber müssen. Bei Dir war das überraschend anders. Jede Schwester und die Pfleger haben sich darum gerissen, um es mal übertrieben zu erzählen, zu Dir zu gehen und gerade Dich zu versorgen, weil Du, wie sie gesagt haben, so herrlich unkompliziert bist. Und genau das hat mich neugierig gemacht. Viele Geschichten in der Klinik drehen sich zu fünfundneunzig Prozent um Beschwerden, die alle bei mir auf dem Schreibtisch landen. Es gibt selten positive Geschichten zu berichten. Das war bei Dir anders. Und als ich mich mit Dir unterhalten habe, war es um mich geschehen. Ich habe mich in Dich verliebt, aber total, im Krankenhaus schon. Ich möchte Dich nie mehr gehen lassen und Dir die Welt zu Füßen legen, soweit ich kann", und lacht mich wieder an.

„Das hat noch nie jemand zu mir gesagt, danke. Danke dafür, wie Du mich siehst." Ich umarme ihn, halte ihn fest, oder besser, ich halte mich an ihm fest und ich bekomme das Gefühl, dass ich willkommen bin bei diesem Mann, was ich nie vorher war und ich so nicht kenne. Willkommen zu sein.

„Thomas, ich muss Dir auch etwas erzählen."

In diesem Moment klingelt sein Handy. Ein sehr unpassender Augenblick, aber nicht zu ändern.

-Ja.- (kurze Pause)

-Ihr wollt auch nicht ohne mich, ne?-

-Ja, ich komme.-

„Tut mir leid, Süße. Ich muss los. Das wird noch öfter passieren und Deine Geschichte muss warten. Bis später." Ein kurzer Knutscher auf meinen Mund und er verschwindet durch die Haustür, dieses Mal ohne Gefahr etwas einzuklemmen. Jetzt habe ich schon den Mut aufgebracht, ihm diese für mich wichtige Frage zu stellen und will ihm das Geständnis mit der Escortagentur machen, doch weg ist er. Vielleicht besser so, aber jetzt weiß er, dass ich ihm etwas erzählen möchte. War das so klug von mir? Wenn er mich liebt, wird er das verstehen. Zu dem Zeitpunkt waren wir kein Paar. Jetzt denn? Er hat mir seine Liebe gestanden und dazu gehört auch eine große Portion Mut.

Ich will nicht naiv sein, denn der Kollege von ihm wird plaudern und es ist besser, Thomas erfährt die Geschichte von mir, bevor daraus eine stille Post entsteht.

Heute muss ich erst einmal die Sache mit Janett und der Agentur regeln. Sie muss mich aus der Liste nehmen und diesen Termin mit Leon streichen, ihm eine andere Dame geben.

Gegen fünfzehn Uhr bin ich bei Janett. Thomas hat sich bis jetzt nicht zurückgemeldet. Er kann seine Arbeitszeit nie genau bestimmen. Janett ist noch im Gespräch und ich warte in einem Eckchen mit grauen Rundsesseln und einem kleinen runden Tisch, auf dem eine rote Kerze steht. Diese Sitzgruppe ist von Palmen umrandet, die circa zwei Meter hochgewachsen sind. Durch diesen Grünbestand ist wenig vom Geschehen am Empfang zu erkennen. Nach ein paar Minuten kommt Janett zu mir und nimmt mich mit in ihr Büro.

„So, die Polizei weiß nichts von Dir. Die wollten eine Liste der Kunden haben, die Mercedes in den vergangenen vier Wochen hatte. Ist das Ganze nicht einfach nur furchtbar?" Ihr Kopf sinkt nach unten.

„Ja, sehr schrecklich. Aber mein Anliegen ist, dass Du mich bitte aus der Kartei nimmst und den Termin mit diesem Leon kann und will ich nicht einhalten. Nicht mehr jetzt. Ich habe mittlerweile einen festen Freund, die Ereignisse haben sich überschlagen und ich will Tom nicht betrügen."

Bei mir denke ich, wenn ich bloß nicht mit diesem Scheiß angefangen hätte.

„Nun, aber wir haben einen Vertrag, Liebes."

„Du willst Dich doch jetzt nicht auf diesen Vertrag berufen. Das ist doch nur ein Stück Papier. Zerreiß ihn und gut."

„Ich brauche von Dir eine offizielle und schriftliche Kündigung."

„Gib mir bitte einen Stift und ein Blatt Papier, dann schreibe ich Dir das sofort. Mach es doch nicht so kompliziert."

Janett reicht mir das Geforderte und ich schreibe in kurzen Zeilen meine Kündigung.

„So, reicht Dir das?", frage ich mittlerweile etwas genervt. Es würde mich nicht wundern, wenn noch mehr der Damen und Herren kündigen, nach dem Vorfall mit Mercedes. Es scheint hier ein Gast dabei zu sein, der nicht fair spielt. Wenn es denn überhaupt ein Kunde war.

„Wen hatte Mercedes eigentlich an diesem Abend als Gast?", frage ich Janett neugierig.

„Schatzi, ich darf und werde über unsere Gäste keine Auskunft geben. Das musst Du verstehen."

Ihr -Liebes- und -Schatzi- Gesülze geht mir so auf die Nerven.

„War ja nur eine Frage. Natürlich darfst Du darüber nicht reden. Ich möchte Dich jetzt nochmal daran erinnern, dass ich niemals hier war, wir uns nicht kennen. Streich mich aus Deinem Gedächtnis und aus der Kartei."

„Während wir hier sitzen und Du redest, lösche ich aktuell all Deine Fotos, inklusive der Beschreibung."

„Danke. Das ist nett." Und meine Tonlage wird wieder freundlicher.

„Mach Dir keine Sorgen, niemand erfährt etwas, niemand weiß etwas. Außer dem Gast, den Du hattest, Leon."

„Ja, und der macht mir Sorgen. Er ist der Kollege von meinem Freund, arbeitet in derselben Klinik, was ich nicht wusste, und als ich gestern aus dem Klinikgebäude kam, stand er in der Raucherecke und hat mich angesprochen, aber irgendwie komisch angesprochen. Ich hatte sogar das Gefühl, er verfolgt mich bis zum Auto. Dann war da aber niemand."

„Keiner unserer Damen hat sich über ihn beschwert, im Gegenteil, sie loben ihn, wie nett und fürsorglich er ist. Vielleicht hast Du durch den Vorfall mit Mercedes einen falschen Eindruck. Sie ist Deine Freundin. War Deine Freundin. Oh man, ich begreife das noch nicht."

„Der Typ ist komisch und mit ihm stimmt etwas nicht. Janett, vielen Dank für Deine Bemühungen, das war mir äußerst wichtig. Ich wünsche Dir alles Gute."

„Und ich Dir viel Kraft. Es ist doch bestimmt bald die Beerdigung. Weißt Du, wann?"

„Ich habe keine Ahnung." Und mir fällt auf, dass ja niemand da ist, um die Beerdigung zu organisieren. Kurzum beschließe ich, dass ich mich darum kümmern werde, das bin ich ihr schuldig.

„Pass auf Dich auf", ruft sie mir noch hinterher, als ich schon fast aus der Tür bin.

Natürlich passe ich auf mich auf, jetzt mehr als sonst. Dieser blonde Leon ist schon komisch, obwohl er bei unserem Treffen nicht den Eindruck machte, eher das Gegenteil. Aber ich schaue den Leuten nur vor den Kopf und was sich im Inneren abspielt, davon hat niemand auch nur den Hauch einer Ahnung. Noch auf der Straße greife ich zu meinem Handy und probiere es bei Thomas. Er nimmt nicht ab. Zur Klinik zu fahren, kommt für mich nicht infrage, obwohl ich kurz diesen Gedanken hatte. Leon über die Füße laufen, geht gar nicht und so mache ich mich auf den Weg zu meinem Auto, welches ich in der übernächsten Seitenstraße abgestellt habe. Der Weg dorthin dauert nur ein paar Minuten zu Fuß. Die Straße ist an diesem Nachmittag verlassen, entweder sind die Menschen noch bei der Arbeit oder gerade auf dem Weg nach Hause. Am Straßenrand sind wenige Autos abgestellt, Menschen sind keine zu sehen. Der Bürgersteig verjüngt sich leicht und meine Schuhe klappern auf den grauen Pflastersteinen. Wieder höre ich Schritte hinter mir, schaue mich um, niemand da. Mein Weg führt mich an einer Bäckerei vorbei, in die ich hineingehe. Das Gefühl, verfolgt zu werden, festigt sich immer mehr in meinem Kopf. Die Verkäuferin packt vier Körnerbrötchen für mich ein, reicht mir die Tüte und ich ihr drei Euro achtzig. Die Brötchen werden auch immer teurer. Ich verlasse das Geschäft, schaue nach rechts und links, niemand da. Zügig setze ich den Weg zu meinem Auto fort, bin froh und erleichtert, als ich auf dem Fahrersitz Platz nehmen kann. Ein Zettel an der Windschutzscheibe lässt mich die Augen verdrehen, schon wieder ein Strafzettel. Durch das heruntergelassene Seitenfenster ziehe ich den Zettel unter dem Scheibenwischer hervor, falte ihn auseinander und lese.

Deine Freundin war die ERSTE!

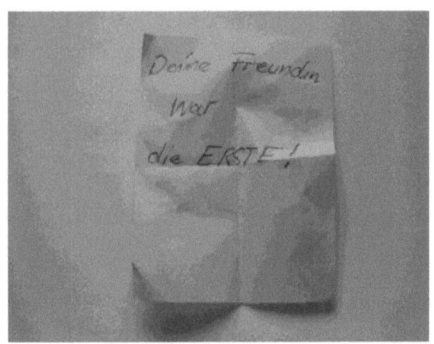

Und ich bin die Nächste, oder was? Panik steigt in mir hoch und ich lasse mein Auto an, drücke alle Knöpfe herunter und fahre davon. Etwas zu schnell, aber egal. Mein Gehirn mahnt, mich zu beruhigen. Oh, mein Gehirn gibt es noch. Es hat lange geschwiegen.

Schickt es mir diese seltsamen Zuckungen ins Auge? Ich fahre langsamer und versuche, ruhig zu atmen. Sinnvoll wäre jetzt, ich fahre direkt zur Polizei, zu den beiden Beamten, die mich befragt haben, und erzähle ihnen die komplette Geschichte. Warum habe ich nur gelogen? Solch ein Blödsinn. Und Thomas muss ich auch alles erzählen. Es ist lange überfällig.

Um diese Uhrzeit sieht die Polizeistation aus, als sei sie nicht besetzt. Ein sehr altes Gebäude aus Bruchsteinen, nicht verputzt. Die Fenster sind aus Holz, weiß lackiert, recht klein und jedes für sich in vier kleinen Scheiben mit Holzstreben in Kreuzform unterteilt. Alles scheint mir recht dunkel, nur in einem Fenster sehe ich Licht. Ist die Polizei nicht rund um die Uhr verfügbar? Wie waren noch die Namen der Beamten, die bei mir waren? Ich weiß es nicht mehr, denn ich kann mir so schlecht Namen merken und in solch einer aufgewühlten Situation, wie in den vergangenen Tagen, schon gar nicht. Die drei Stufen vor dem Eingang sind aus einfachem Beton, welcher nicht zu der Fassade passt. Vielleicht irgendwann einmal nachgearbeitet. Die Eingangstür ist aus massivem Holz, sehr schwer und ich habe Mühe, diese aufzudrücken. Das beleuchtete Fenster war draußen rechts von mir zu erkennen, also orientiere ich mich auf die erste rechte Tür. Diese nicht ganz so massive Holztür steht einen kleinen Spalt auf und ich kann in dem schmalen Flur erkennen, dass die Tür an dem Fußboden, auf dem ein Fliesenmosaik in den Farben beige und braun liegt, hängen geblieben ist. Diese Tür lässt sich leichter öffnen als die Eingangstür und ich gehe hinein. An einem Schreibtisch sitzt ein circa sechzig Jahre alter Mann in blauer Polizeiuniform. Rundes Gesicht, sehr unebene, helle, leicht dreckig wirkende Gesichtsfarbe, schütteres graues Haar, nach hinten gekämmt und dazu viel zu große Ohren, die direkt auffallen. Er schaut über den Computerbildschirm, eine Brille mit dunkler Fassung auf der Nase, ohne eine Miene zu verziehen, in meine Richtung, als würde er warten, dass ich etwas sage.

„Guten Abend. Mein Name ist Lydia Krasmer und ich komme wegen des Todes meiner Freundin Mercedes und möchte gern mit den beiden Beamten reden, die bei mir waren."

„N´abend. Wie heißen die beiden denn?"

„Das habe ich mir nicht gemerkt, leider und das tut mir auch leid, aber ich muss dringend mit denen sprechen."

„Worum geht es denn? Ich kann Ihnen bestimmt helfen."

„Ne, können Sie nicht", behaupte ich einfach so. „Können Sie nachfragen, bitte?"

„Sagen Sie, geht es um den Tod der Prostituierten. Dafür ist die Kripo zuständig. Moment."

„Genau."

Er nimmt den Hörer auf, tippt eine Nummer und murmelt etwas, was ich nicht verstehen kann.

„Tut mir leid, aber die zwei sind nicht mehr im Haus. Erst morgen früh wieder. Aber es kommt jemand von der Kripo runter und mit ihm können Sie reden. Warten Sie bitte dort." Und zeigt auf zwei Holzstühle, die aus den Sechzigerjahren übriggeblieben sind und jede Modernisierung überlebt haben.

„Nein, ich kann nur mit den beiden Beamten reden."

„Dann müssen Sie morgen früh wiederkommen. Dann sind die wieder da. Ungefähr acht Uhr."

„Danke, mache ich." Ich drehe mich auf dem Absatz herum und gehe wieder nach draußen. Es ist so dunkel auf dem Vorplatz, einige Laternen scheinen den Geist aufgegeben zu haben. Gott sei Dank muss ich von der schweren Holzeingangstür, die mit einem lauten Klacken in das schmiedeeiserne Schloss fällt, nur wenige Meter zum Auto laufen, rutsche auf dem feuchten Kopfsteinpflaster fast aus. Die kleinen Steine sind so glatt, bilden durch ihre dunkle Farbe keinerlei Orientierung für mich und durch das schummerige Licht der Straßenlaternen sehe ich kaum, wohin ich trete. Ich muss zugeben, seitdem ich diesen Zettel gefunden habe, steigt die Angst in mir hoch. Auf dem Vorplatz steht ein Mann, etwa fünfzehn Meter von mir entfernt, und schaut in meine Richtung. Kurz erstarre ich, sehe dann aber, dass er nur seinen Hund Gassi führt. Es wird Zeit, dass ich nach Hause komme. Kurze Zeit später bin ich endlich heil zu Hause angekommen.

Es wird schon dunkel und ich parke mein Auto rückwärts in der Einfahrt. Meine Handtasche liegt auf dem Beifahrersitz. Den Zettel mit der Drohung habe ich in meine Tasche gesteckt. Er bereitet mir Kopfzerbrechen. Je mehr ich darüber nachdenke, desto gruseliger wird mir. Durch die Windschutzscheibe schaue ich auf die Straße. Nichts regt sich, niemand läuft vorbei. Bis zu meiner Haustür sind es nur sieben Meter. Das weiß ich sehr genau, denn letztes Jahr habe ich eine Firma beauftragt, die alten Waschbetonplatten zu entfernen und den Weg mit Platten aus Schiefergestein wieder attraktiv erscheinen zu lassen. Diese Firma hat dafür genau Maß genommen. Um die Fahrertür zu öffnen, benötige ich gefühlt eine Ewigkeit. Ich habe Angst, aber es nutzt ja nichts, denn irgendwie muss ich ins Haus.

Der Duft von Nudelauflauf steigt mir in die Nase, als ich vom Wohnzimmer in die Küche gehe. Er braucht noch zehn Minuten und dann kann ich endlich etwas essen. Der Tag war lang und anstrengend. Den Gedanken, dass mir jemand nach dem Leben trachtet, möchte ich nicht zulassen. Wozu soll mir jemand drohen? Dennoch ist er im Hintergrund in meinem Kopf, welches ich daran merke, dass ich kontrollierend aus den Fenstern schaue, schon zweimal an der Haustür war, um mich zu vergewissern, dass sie abgeschlossen ist. Der Fernseher dudelt leise vor sich hin, damit ich mich nicht bei jedem Geräusch erschrecke. Sei es auch nur ein langsam vorbeifahrendes Auto.

„Mein Gott, reiß Dich zusammen", sage ich laut zu mir selbst. Das klingelnde Telefon holt mich aus meinem Gedankenwirrwarr heraus.

Ich gehe ans Telefon, aber niemand antwortet.

Draußen ist es mittlerweile dunkel und ich bemerke die Person auf der anderen Straßenseite nicht.

Kapitel 12

„Aber, ich habe es doch mit eigenen Augen gesehen. Du bist mit Lydia in Dein Büro gegangen. Hältst Du mich für blöd?", fragt Leon hektisch, als er sich auf dem Flur mit Thomas unterhält.

„Können wir das in meinem Büro besprechen?", antwortet Thomas leicht genervt und beide verschwinden eine Tür weiter in sein Büro.

„Was war eigentlich in der Notaufnahme mit dieser Prostituierten?", fragt Leon und wirkt sehr nervös.

„Was soll da gewesen sein? Die Frau hatte so schwere Verletzungen, da konnten wir nichts mehr machen. Aber woher kennst Du Lydia?"

„Das ist eine Kollegin von Mercedes. Du weißt doch Bescheid."

„Worüber weiß ich Bescheid?"

„Dass Deine Lydia eine Nutte ist."

Thomas muss einen kurzen Moment innehalten und tief Luft holen. Lydia, eine Kollegin von Mercedes? „Du gehst zu solchen Frauen?", fragt er und setzt sich auf seinen Bürostuhl, der dadurch ein Stück zurückrollt. Leon sieht ihn wortlos einige Sekunden an und ihm wird schlagartig klar, dass er gerade etwas zu viel geplaudert hat.

„Woher kennst Du Lydia?", will Thomas wissen.

„Thomas, Du weißt, mein Sexleben ist nicht so ausgeprägt wie Deines. Dir fliegen die Frauen nur so zu. Gelegentlich nehme ich die Dienste von einem

Escortservice in Anspruch. Da sind tolle Frauen, die machen alles."

„Komm´ auf den Punkt."

„Na ja, und an einem Tag, noch gar nicht so lange her, war ich mal wieder verabredet und in dem Hotelzimmer habe ich mit Lydia eine nette Zeit verbracht."

„Du hast mit ihr geschlafen?" Thomas kann seine Gedanken gar nicht mehr sortieren. „Du musst Dich irren. Bestimmt eine Verwechslung."

„Thomas, es tut mir echt leid. Deine Lydia ist eine Nutte. Sie arbeitet bei dem Escortservice, wie auch Mercedes, die Tote."

„Leon, ich habe keine Ahnung. Bist Du sicher? Du hast sie doch nur kurz gesehen."

„Da bin ich mir ganz sicher."

Thomas schaut aus dem Fenster und versucht, einen klaren Gedanken zu fassen. Gott sei Dank ist sein Dienst gleich zu Ende. Jetzt fällt ihm ein, dass Lydia ihm etwas erzählen wollte, dann aber sein Handy geklingelt hat und er gehen musste. Wollte sie ihm da alles beichten? Völlige Verwirrung in seinem Kopf.

„Ich werde Lydia darauf ansprechen."

„Nein, mach das nicht. Dann weiß sie doch sofort, dass ich meinen Mund nicht gehalten habe."

„Warst Du mit Mercedes auch im Bett?"

„Oje, was tut das zur Sache, ja."

„Also kennst Du sie?"

Leon gibt auf diese Frage keine Antwort. Er sieht Thomas nur leer an.

„Leon, ich mache jetzt Feierabend."

Mit diesen Worten zeigt Thomas seinem Kollegen mit einer Geste, dass er sein Büro verlassen soll. Leon folgt dieser Handbewegung wortlos und schließt die Tür hinter sich. Thomas zieht seinen weißen Kittel aus, hängt ihn ordentlich auf einen Holzbügel an der kleinen Wandgarderobe, nimmt seine Jacke und seine Autoschlüssel vom Schreibtisch und verlässt ebenfalls den Raum, allerdings mit Kopfschütteln. Sein Büro schließt er nie ab.

An seinem Auto angekommen, überlegt er kurz, ob er zu Lydia fahren soll. Doch diesen Gedanken streicht er gleich wieder, denn sie will ihm doch etwas erzählen. Wenn sie nun genau diese Geschichte berichten will, er aber, wie so oft, keine Zeit hat zuzuhören. So beschließt er, als er im Auto sitzt, sich zu beruhigen, denn diese ungewollte Information nagt sehr an ihm. Lydia soll ihre Chance bekommen und es ihm selbst erzählen. Wer weiß denn überhaupt, warum Lydia den Job angenommen hat? Niemand kennt sie wirklich, denn sie erzählt bei ihm wenig aus ihrer Vergangenheit. In seinen Gedanken festigt sich immer mehr der Gedanke, Lydia nicht zu verurteilen, sondern sich erst einmal ihre Version der Geschichte anzuhören. Indessen fragt er sich, ob er ihr überhaupt ausreichend Gelegenheit gegeben hat, irgendetwas sehr Persönliches aus ihrem Leben und ihrer Vergangenheit zu erzählen. Er startet den Motor und fährt nach Hause. Auf der Fahrt überlegt Thomas, dass Leon ihm gesagt hat, dass er Mercedes kennt. Kennt man jemanden, mit dem man einmal im Bett war? War er einmal mit ihr im Bett oder mehrfach? Was hat Leon mit Mercedes zu tun? Warum war er so nervös?

Der Weg nach Hause führt Tom an Lydias Haus vorbei. Früher, als er sie noch nicht kannte, hat er es gar nicht wahrgenommen, dass dort auf der rechten Seite solch schmucke kleine Häuser stehen, doch mittlerweile schaut er immer hinüber. Heute sieht er Licht bei ihr, und das zeigt ihm, dass sie zu Hause ist. Es beruhigt ihn sehr. Warum hat Leon im Krankenhaus nichts davon erzählt, dass er Mercedes kennt? Thomas fährt nun schon eine ganze Weile und ist immer noch mit dieser Frage beschäftigt. Sein Kollege hat doch alles mitbekommen, als sie ins Krankenhaus eingeliefert wurde. Von ihrem Tod ebenso. Ist nicht vor Jahren auch eine Prostituierte mit einer Stichverletzung eingeliefert worden? Thomas versucht sich zu erinnern, aber er hat so viele Patienten, da kann er sich nicht alles merken. Das müsste ungefähr drei Jahre her sein. Für morgen nimmt er sich vor, in den alten Akten danach zu suchen. Außerdem sollte er das der Polizei berichten. Vielleicht besteht genau da ein Zusammenhang.

Der nächste Morgen ist verregnet und als Thomas gegen sieben Uhr aufsteht, ist es schon fast hell. Der erste Gedanke an diesem Morgen ist nicht Lydia, sondern die Geschichte mit dem Prostituiertenmord von vor drei Jahren. Eigentlich hat er heute frei, aber er wittert da einen Zusammenhang. Gewissheit erhält er gleich, wenn er in die Klinik fährt und die Akten liest. Nach einem Kaffee macht er sich sofort auf den Weg.

In den Kellerräumen der Klinik ist es staubig. Das Licht lässt zu wünschen übrig. Die Klinik wurde 1960 gebaut und ist immer wieder saniert und modernisiert worden. Doch bis zum Keller haben diese Baumaßnahmen nicht gereicht; er ist in den Sechzigerjahren stehen geblieben. Der Putz bröckelt von den Wänden. Auf dem Fußboden knirscht es bei jedem Schritt. Die Höhe der Decken ist so niedrig, dass Thomas seinen Kopf einziehen muss. Regale aus Metall sind parallel zueinander aufgestellt, in langen Reihen und nach Jahren sortiert. Es beginnt im Jahr 1960. Beim Anblick dieser Jahreszahl am Eingang des ersten Kellerraumes nimmt Thomas sich vor, diese Akten irgendwann einmal durchzuschauen. Es ist bestimmt interessant, wie damals behandelt wurde, wer hier gearbeitet hat. Jetzt aber macht er sich auf die Suche nach der Krankenakte von damals. Da er das Jahr, indem der Mord passiert ist, nicht genau kennt, will er bei 2015 beginnen. Das Regal ist schnell gefunden, doch als er die lange Reihe sieht, sortiert nach Aktenzeichen, muss er sich eingestehen, dass es Stunden dauern würde, bis er hier etwas gefunden hat. Alle Krankenakten sind natürlich auch digital einsehbar. Dennoch gibt es in den Akten immer wieder handschriftliche Aufzeichnungen oder Dokumente, die nachträglich hinzugefügt wurden. Da erhofft er sich interessante Informationen. Doch die Suche nach einer einzigen Akte in diesem Papierwahnsinn würde ihn Stunden aufhalten. Er beschließt in sein Büro zu gehen und im Computer anhand einer Stichwortsuche nach dieser Patientin zu suchen und sich dann mit dem Aktenzeichen die passende Akte zu holen.

Auf dem Weg zu seinem Büro begegnet er einigen Mitarbeitern, die ihn verwundert anschauen. Normalerweise ist heute sein freier Tag. Doch es ist nicht ungewöhnlich, dass er auch an seinen freien Tagen in der Klinik ist. Heute hat er allerdings das Gefühl, dass ihn alle beobachten. Komisch, wenn man nicht das tut, wie sonst üblich, entfachen in einem sofort dubiose Gefühle.

Die Patientenakte ist per Computer schnell gefunden und das, was Thomas dort liest, stimmt ihn nachdenklich. Dr. Wendt hatte an dem Tag Dienst und seine Unterschrift steht in den Unterlagen.

Gegen Mittag stehe ich im Supermarkt, als mein Handy klingelt.

„Hallo Tom, schön, dass Du anrufst."

„Hast Du Zeit? Können wir uns sehen?"

„Ja, klar, kein Problem. Ich beende nur eben den Einkauf, ich stehe nämlich im Supermarkt, und dann habe ich Zeit. Wollen wir uns in der Stadt treffen?"

„Gute Idee. Im Café? In einer Stunde?"

„Gern, da kann ich zu Fuß hinlaufen."

„Bis gleich."

Meine Verabschiedung hat er nicht abgewartet, sondern direkt aufgelegt. Sehr seltsam, ebenso seine Tonlage am Telefon. Sonst redet er immer so fröhlich. Vielleicht bilde ich mir das auch nur ein. An der Kasse geht es fix voran und ich mache mich auf den Weg zum Parkhaus, um die Einkäufe in den Kofferraum meines Autos zu legen. Die Taschen möchte ich nicht mitschleppen. Das Auto steht auf dem zweiten Parkdeck, nahe am Eingang. Ich habe nicht weit zu laufen. Als ich am Auto angekommen bin, höre ich Schritte. Klackernde Absätze auf dem Betonboden. Meine Angewohnheit ist es, auf den Frauenparkplätzen zu parken, doch diese sind immer sehr begehrt und so musste ich an diesem Tag eine Reihe weiterfahren und auf den nicht so gut beleuchteten Plätzen mein Auto abstellen. Die Schritte kommen näher und ich nehme meine Taschen und versteckte mich hinter einem Van, der zwei Plätze weiter steht. Ganz leise stelle ich die Taschen neben mich, hocke mich hin und höre die Schritte nun hinter meinem Auto. Höre ebenfalls, wie ein Schlüsselbund auf den Boden fällt. Die Person bleibt stehen, hebt die Schlüssel auf und geht weiter. Aufmerksam verfolge ich, dass die Schritte sich entfernen und komme aus meiner Deckung hervor. Schaue genau in die Richtung, von wo die Schritte noch leise zu hören sind, und sehe eine blonde kleine Frau, die in ihr Auto steigt. Kopfschüttelnd greife ich meine Taschen, gehe zum Auto und packe diese jetzt endlich in den Kofferraum. Zügigen Schrittes verlasse ich das Parkhaus in Richtung Café.

Das Café ist nur vierhundert Meter entfernt. Als ich die Straße entlanggehe, habe ich immer mehr das Gefühl, verfolgt zu werden. Sehe aber niemanden, als ich mich umdrehe, nach hinten schaue. Die Straße ist leer.

Tom ist im Café noch nicht angekommen und so suche ich einen Tisch im hinteren Bereich, der von der Straße nicht einsehbar ist. In dem Café herrscht viel Betrieb. Kunden kommen und gehen. Die Tische sind fast alle belegt und ich habe mit meiner Tischwahl wirklich Glück, denn in dem Augenblick, als ich mich setze, kommt eine Gruppe von acht Leuten herein, die nach einem Tisch Ausschau halten. Das Café ist aber so gut besucht, dass sie unverrichteter Dinge weiterlaufen müssen. Der Raum ist nicht groß, aber hier ist immer etwas los. Das Café Morgenstern ist für sein reichhaltiges Frühstück bekannt. Zum Mittag werden kleine Mahlzeiten angeboten. Die Theke bietet frische Kuchen und Torten in großer Auswahl. Zudem sind die Bedienungen hier sehr freundlich und das spricht sich natürlich schnell herum.

Thomas kommt wie immer pünktlich. Als er das Café betritt, schaut er sich um und findet mich an dem kleinen Tisch.

„Hallo Lady. Gute Tischwahl."

„Hallo. Ja, Du magst die Tische, wo nicht jeder hinschauen kann. Es war aber Zufall. Hier ist so viel los."

„Genau richtig."

Thomas zieht seinen Mantel aus, nimmt mich in den Arm und drückt mich fest an sich. Einen leidenschaftlichen Kuss gibt er mir noch dazu.

„Du klangst am Telefon so angespannt, hast gar nicht mehr gehört, dass ich mich verabschiedet habe. Was ist denn los?"

„Ja … nun. Ich bin mir nicht sicher, aber mit Mercedes stimmt etwas nicht."

„Das denke ich auch. Ich muss auch unbedingt mit Dir reden."

Unsere Unterhaltung wird durch die freundliche Stimme einer Kellnerin unterbrochen, die nach seiner Bestellung fragt. Thomas bestellt einen Kaffee und beginnt zu erzählen, wie er gestern auf dem Weg nach Hause darüber nachdachte, dass es vor drei Jahren einen Mord an einer Prostituierten gab, ebenfalls mit Stichverletzung, und auch in einem Hotel. Wie bei Mercedes. Er habe heute sehr früh am Morgen in der Klinik die Akte gesucht, um dort nachzulesen. Alles wie bei Mercedes. Er beabsichtigt, seine Recherchen der Polizei mitzuteilen.

„Thomas, ich muss Dir etwas sagen, etwas beichten."

Thomas sieht sie schweigend an und wartet auf ihr Geständnis. Er ahnt schon, was sie ihm sagen will.

Doch er hat sich vorgenommen nichts vorweg zu nehmen, sondern sie reden zu lassen.

„Thomas, das, was ich Dir jetzt erzähle, fällt mir wirklich schwer. Und ich will Dir auch nicht wehtun. Aber ich muss Dir das sagen. Ich habe, wie Mercedes, bei dem Escortservice gearbeitet. Ich wollte doch nur ein wenig mehr Geld verdienen. Nur einmal hatte ich einen Kunden und dann wurde Mercedes ermordet. Danach habe ich mich sofort abgemeldet, auch deinetwegen. Weil ich mit Dir zusammen sein möchte. Ganz und gar. Denn ich mag Dich von ganzem Herzen und es tut mir so leid, dass ich Dir das nicht schon früher erzählt habe. Und ich habe die Polizei angelogen und ich habe eine Drohung erhalten, habe Angst und ich werde verfolgt und …"

Weiter kann ich nicht erzählen. Tränen laufen über mein Gesicht. Weinen wollte ich nicht, aber meine Gefühlswelt ist aktuell vollkommen durcheinander.

Thomas schaut mich an und nimmt mich in den Arm, sagt kein Wort. Er hält mich fest und ich kann meine Arme gar nicht um ihn legen, so fest drückt er mich. Sekundenlang sitzen wir so da und ich versuche mich zu beruhigen. Dann haucht er mir ins Ohr: „Lady, alles ist gut. Gut, dass Du mir das erzählt hast. Ich kann Dich doch verstehen. Alles gut. Beruhig Dich, ich bin bei Dir." Mit diesen Worten lässt er mich frei und schaut mich fragend an.

„Was meinst Du damit, dass Du verfolgt wirst?"

„Warte, ich habe den Zettel in meiner Tasche. Schau, der klemmte hinter meinem Scheibenwischer. Und in den vergangenen Tagen habe ich das Gefühl, dass ich verfolgt werde, mir jemand nachgeht. Ich weiß auch nicht. Seit Mercedes ermordet wurde, ist alles komisch."

„Zeig mal."

Ich reiche ihm den kleinen Zettel und er studiert ihn genau. „Steht nicht viel drauf. Wir gehen zusammen zur Polizei."

„Da war ich gestern am Abend schon, doch die Beamten waren nicht mehr da. Weißt Du noch ihre Namen? Ich will heute erneut dorthin."

„Nein, die Namen weiß ich auch nicht mehr. Lass uns gehen. Ich begleite Dich. Wir klären das gemeinsam."

Auf dem Weg zur Polizei erzähle ich ihm, warum ich die Polizeibeamten angelogen habe und was mir in den letzten Tagen widerfahren ist. Weitere Einzelheiten von dem Escortservice lasse ich allerdings weg. Wenn er darüber etwas wissen möchte, soll er fragen. Es ist mir so peinlich, dass ich ihm überhaupt etwas darüber berichtet habe. Aber, ich habe mittlerweile das Gefühl, dass ich ihm gegenüber ehrlich sein muss. Warum auch immer ich dieses Gefühl habe. Vielleicht weil Thomas so ein lieber Mann ist, der es nicht verdient hat, belogen zu werden. Allerdings macht es mich immer wieder stutzig, dass er so lieb und verständnisvoll ist. Gibt es solch tolle Männer wirklich? Diese kleine Spur Misstrauen löst sich in meinem Kopf nicht auf.

Tom lässt mich reden und ich versuche alles genau so, wie es passiert ist, zu erzählen. Die Polizeistation ist nicht weit entfernt. Mein Auto habe ich im Parkhaus stehen lassen, denn ich habe die Gebühr für den kompletten Tag bezahlt und es wäre Unsinn, mit zwei Autos zu fahren. Thomas steuert sein Auto auf den kleinen Parkplatz in der Nähe der Polizeistation und parkt ihn rückwärts in der Parklücke.

„Gestern Abend stand ich zwei Plätze weiter", und ich zeige auf den Platz, auf dem ich gestern Abend stand.

„Und da hattest Du das Gefühl, dass Du verfolgt wirst?"

„Ja. Das war seltsam."

Er geht um das Auto herum und öffnet mir die Tür. Hand in Hand gehen wir in Richtung Gebäude, welches um diese Uhrzeit noch älter wirkt, als in dem schummrigen Licht am Abend.

Die von mir gesuchten Beamten sind vor Ort. Ein junger Beamter sitzt an demselben Schreibtisch, wie am Abend vorher der ältere Beamte, gibt uns freundlich Auskunft und es dauert nur ein paar Minuten, bis einer von den verlangten Beamten zu uns kommt. Er geht voran und nimmt uns mit in die erste Etage. Die Stufen auf der alten Holztreppe, mit geschnitztem, abgegriffenem Geländer, knarren bei jedem Schritt. Anschleichen ist hier definitiv nicht möglich. Man hört sofort, ob jemand hinauf oder heruntergeht. Beide Beamte, Herr Xaver und Herr Benedikt, teilen sich ein Büro. Die zwei Schreibtische in diesem Büro sind an der langen Seite aneinandergestellt und bilden so eine große Fläche. Auf jedem Schreibtisch steht ein Telefon. Akten liegen gestapelt, und die Schreibtischauflage aus Papier ist mit handschriftlichen Notizen wild beschrieben. Herr Xaver zeigt auf zwei Stühle, auf denen wir Platz nehmen.

Es ist mir peinlich, alles noch einmal zu erzählen, allerdings nun die Wahrheit. Den Zettel hole ich währenddessen aus meiner Handtasche und reiche ihn Herrn Benedikt.

So erfährt Thomas doch die Einzelheiten in Bezug auf den Escortservice, aber den Namen meines Kunden an dem besagten Abend lasse ich weg. Es fragt auch niemand danach. Vorerst.

„Und der klemmte hinter Ihrem Scheibenwischer?" Herr Benedikt schaut mich fragend an.

Diese Frage beantworte ich mit einem Nicken, denn mir laufen schon wieder Tränen über mein Gesicht. Thomas schaltet sich ein: „Mir ist in dem Zusammenhang mit dem Mord an Mercedes aufgefallen oder besser eingefallen, dass wir vor drei Jahren in der Klinik einen ähnlichen Fall hatten. Eine Frau, Prostituierte, ebenfalls erstochen. Sekunde, ich habe mir das Datum der Einlieferung aufgeschrieben", und greift in die Innentasche seiner Jacke. Diesen Zettel reicht er ebenfalls Herrn Benedikt.

„Das ist ja interessant. Jochen, kannst Du Dich noch daran erinnern?"

„Wage, aber ich werde nachschauen", antwortet Jochen Xaver nachdenklich.

Das Gespräch dauert nur zwanzig Minuten. Thomas verabschiedet sich freundlich von den Beamten. Ich ebenso, allerdings mit gesenktem Kopf, denn diese Situation ist mir so peinlich und das Gefühl verfolgt zu werden, macht es nicht besser. Wir benutzen wieder die knarrenden Stufen zum Erdgeschoss. Thomas geht voran und unten angekommen reicht er mir seine Hand. So gehen wir zum Auto zurück, zusammen Hand in Hand. Ein Gefühl der Zugehörigkeit, das ich schon lange nicht mehr kenne, Thomas es aber durch diese kleinen Gesten hervorholt.

Kapitel 13

Den alten Pick Up von Mattis kann ich nur schemenhaft durch die Büsche erkennen und bin mir nicht sicher, ob er im Auto sitzt. In den vergangenen Tagen ist mir dieses seltsam lackierte Auto immer wieder aufgefallen und es beschleicht mich der Gedanke, ob es Mattis ist, der mich verfolgt. Warum soll er das tun?

Mattis ist in der Stadt sehr beliebt, so meint er zumindest. Ich habe allerdings schon andere Aussagen gehört. Nämlich die, dass er meint, mit Geld alles regeln zu können.

Mein Gehirn beginnt zu rotieren. War es seine Schrift auf dem Zettel, den ich Herrn Benedikt gegeben habe? Aber, das wäre mir doch sofort aufgefallen. Nein, es war nicht seine Schrift. Wenn er etwas schreibt, muss die Bedeutung in Druckbuchstaben dazugeschrieben werden. Ein unwohles Gefühl der Beklemmung macht sich in mir breit, dennoch versuche ich mir nichts anmerken zu lassen.

„Was ist los? Du bist so nachdenklich." Thomas reißt mich aus meinem Gedankengewirr heraus.

„Alles gut. Ich dachte nur auf dem Parkplatz, dass ich den Pick Up von Mattis gesehen habe."

„Der Wagen stand vor einigen Tagen auf dem hinteren Parkplatz der Klinik. Allerdings habe ich Mattis nicht gesehen. Vielleicht war ein Angestellter von ihm mit dem Wagen unterwegs."

Seit meinem Klinikaufenthalt habe ich nichts mehr von Mattis gehört. Gelegentlich sehe ich ihn durch Zufall auf der Straße. Zu einem Gespräch ist es nie gekommen. Im Krankenhaus hatte es zwischen uns einen Streit gegeben. Er bestand darauf, dass ich in ein luxuriöses Zimmer verlegt werde, was ich nicht für nötig hielt. Der Streit schaukelte sich hoch und damals bat ich ihn, das Zimmer zu verlassen und nie wiederzukommen. Und genau das tat er auch. Er kam nie wieder. Darüber war ich nicht traurig, denn das Ende unserer Beziehung war schon lange überfällig. Danach, als ich wieder zu Hause war, sah ich ihn einige Male die Straße, in der ich wohne, entlangfahren. Habe mir aber auch nichts dabei gedacht. Sollte er wirklich derjenige sein, der mich verfolgt?

Mattis war vor Jahren verheiratet und seine Frau hatte damals die Scheidung eingereicht. Viel weiß ich nicht über diese Zeit, denn Mattis erzählte wenig.

Ich weiß allerdings, dass er seine Frau gestalkt hat. Stolz berichtete er, wie er durch ihre Straße gefahren ist und gehupt hat. Damit seine Ex-Frau auch genau weiß, wie präsent er immer noch ist. Auf meine Frage, warum er das so praktiziert, antwortete er mir damals: „Niemand trennt sich ohne Konsequenzen von mir." Jetzt denke ich über diesen Satz nach und frage mich, ob es mir genauso ergehen wird wie ihr? Mattis erzählte mir ganz euphorisch, dass er ihr die Autoreifen zerstochen und sie zeitweise verfolgt hat. Damals habe ich dem keine Bedeutung gegeben, jedoch jetzt, wo ich mir das alles wieder in Erinnerung rufe, macht es mir Angst.

In meinen Gedanken versunken habe ich nicht bemerkt, dass wir schon vor meinem Haus angekommen sind.

„Ich muss noch zur Klinik. Mach Dir einen ruhigen Abend. Bei mir wird es spät."

Mit diesen Worten verabschiedet Thomas mich. Er wartet noch so lange, bis ich im Haus bin.

Kapitel 14

„Ununterbrochen hängt sie mit diesem Arzt rum. Hat sich mal wieder eine gute Partie gesucht. Fickt bestimmt geil. Ich war ja nicht gut genug."

Mattis sitzt auf dem Sofa in seiner spärlich ausgestatteten Wohnung, oberhalb seines Betriebes, und redet mit sich selbst. Die Wohnung besteht aus einer Küche, mit Küchenzeile, ohne Inhalt. Er isst immer auswärts oder wärmt sich in seinem Büro Kleinigkeiten in der Mikrowelle auf. Im Schlafzimmer stehen ein Bett und ein Schrank. Keine Bilder an den Wänden. Das Bad ist seit Wochen nicht mehr geputzt worden, weil keine Putzfee lange dort arbeitet. Das Gästezimmer beherbergt seine schmutzige Kleidung. Die Couch im Wohnzimmer hat schon einige Brandlöcher im schwarzen Leder, weil Mattis im besoffenen Kopf eingeschlafen ist und die Kippe hat fallen lassen. Der Fernseher ist überdimensioniert und steht eingestaubt auf einer Kommode. Einige leere Bierflaschen stehen auf dem Wohnzimmertisch, die Kiste daneben ist schon halb leer, der Aschenbecher voll, seit Tagen nicht mehr geleert. Der Fernseher dudelt im Hintergrund, Mattis folgt ihm nicht. Es scheint so, als spricht er mit der Bierflasche in seiner Hand. Er schaut sie an, hebt sie hoch, dreht sie.

„Du bist meine einzige wahre Freundin", prostet er sich so selbst zu. „Wir machen uns jetzt auf den Weg. Wollen wir doch mal schauen, ob die Schlampe zu Hause ist?"

Schon die Stufen hinunter zur Eingangstür nimmt er wankend, setzt sich ins Auto und stellt seine Freundin in den Getränkehalter.

Sein Weg führt direkt in meine Straße.

„Ja, schau, der nette Arzt ist abwesend." Seine Freundin antwortet ihm nicht.

Dass er unter Alkoholeinfluss überhaupt fährt, ist unverantwortlich. Am Ende der Straße wendet er den Wagen und stelle sich repräsentativ an den Zaun vor meinem Haus. Die Bierflasche, die er sich mit in sein Auto genommen hat, steht sehr wackelig im Getränkehalter. Er nimmt einen großen Schluck aus der Flasche und sieht dabei in Richtung Haus, wo er in der Küche Licht erkennt. Kurz überlegt er, ob er hingehen und klingeln soll, doch er entscheidet sich für seinen Beobachtungsposten und bleibt an Ort und Stelle stehen. In der Küche sieht er jemanden hin und her laufen, kann aber nichts erkennen. Das Licht in der Küche wird ausgeschaltet und im Wohnzimmer sieht er nun Licht. Die Vorhänge werden zugezogen, sodass er nach ein paar Minuten überhaupt nichts mehr sehen kann. Mittlerweile ist es schon dunkel geworden und er fällt mit seinem dunklen Auto nicht auf. Zumal die Nachbarn sein Auto kennen und sich nichts weiter dabei denken, wenn der Pick Up vor meinem Haus steht.

Nach ungefähr einer Stunde und zwei Flaschen Bier später, lässt er den Wagen an und fährt weiter.

„Hier passiert heute nichts mehr", sagt er zu sich selbst und fährt bis zur Kreuzung. Dreht dort aber erneut, um noch einmal durch die Straße zu fahren.

Der Knall vor meiner Haustür lässt mich fast vom Sofa fallen, so sehr habe ich mich erschreckt. Mein Herz schlägt mir bis in die Haarspitzen, als ich durch den Flur zur Haustür schleiche. Die Tür öffne ich einen kleinen Spalt und schaue hinaus. Die Außenbeleuchtung hat sich eingeschaltet und ich sehe unzählige Scherben dort liegen. Diese kann ich direkt als Bierflasche erkennen. Flüssigkeit läuft an meiner Haustür herunter. Da ich nur Pantoffeln an den Füßen trage, traue ich mich nicht nach draußen zu gehen, um weiter nachzuschauen. Es liegt aber nicht nur an den Pantoffeln, dass ich nicht hinausgehe. Ich habe Angst und merke, dass mein Herz immer schneller schlägt. Es reicht mir, was ich durch den kleinen Spalt an der Tür draußen gesehen habe, schließe diese wieder und gehe auf direktem Weg zum Telefon und rufe die Polizei.

Die Beamten sind innerhalb von zehn Minuten bei mir. Herr Benedikt kommt mit einem Kollegen, den ich nicht kenne. Sie folgen mir in die Küche.

„Das Dilemma habe ich schon gesehen", sagt Herr Benedikt nach einer kurzen Begrüßung und Vorstellung seines Kollegen, dessen Namen ich nicht verstanden habe.

„Ich weiß, wer diese Sorte Bier trinkt. Mein Ex bevorzugt und reichlich davon."

„Aber Frau Krasmer, Sie können doch nicht, nur aufgrund einer Biermarke, jemanden beschuldigen. Diese Sorte ist beliebt. Es könnten doch auch ein paar Jugendliche gewesen sein, ein dummer Streich."

„Das glaube ich nicht." Und ich erzähle beiden Beamten in allen Einzelheiten die Geschichte von Mattis Ex-Frau und die fiesen Taten, welche die Frau ertragen musste oder noch muss. „Ich habe keinen Kontakt zu der Ex-Frau, aber ich überlege, sie zu besuchen, um zu erfahren, welche Gemeinheiten sie ertragen muss, wovon ich nichts weiß. Vielleicht war ja auch solch eine Bierflaschen-Attacke dabei."

Herr Benedikt schaut sie fragend an: „Glauben Sie ernsthaft, dass ihr Ex dahintersteckt?"

„Einhundert Prozent. Ich habe Ihnen erzählt, dass ich mich verfolgt fühle. Das passt doch alles zusammen."

„Wir machen jetzt Fotos und nehmen die Anzeige auf. Sie wollen doch eine Anzeige aufgeben?"

„Ja, klar. Und befragen Sie dazu meinen Ex. Er wird wahrscheinlich alles leugnen, wie bei seiner Ex-Frau, die ihm nie etwas beweisen konnte. Er ist pfiffig."

In der Zeit, in der die beiden ihre Arbeit verrichten, habe ich mir festes Schuhwerk angezogen, um die Scherben draußen zusammenzukehren.

„Guten Abend Lydia, was ist denn bei Dir passiert?"

Peter, ein lieber Nachbar, steht am Zaun, mit ernstem Gesicht.

„Ach Peter, hallo. Es gibt anscheinend jemanden, der mich nicht mag. Und jetzt kann ich die Scherben von dem Wurfgeschoss beseitigen. Es ist direkt an meiner Haustür gelandet und die Beamten schreiben gerade die Anzeige."

„Seltsam. Vor einer Stunde bin ich nach Hause gekommen. Ich hatte Spätschicht, aber früher Feierabend. Und als ich aus dem Küchenfenster schaue, habe ich den Pick Up von Mattis vor Deinem Haus stehen sehen. Habe mir aber nichts weiter dabei gedacht. Aber, als ich den Streifenwagen sah, musste ich herüberkommen."

„Komm bitte rein und erzähl das, was Du gesehen hast, Herrn Benedikt. Er glaubt mir nämlich nicht, dass es Mattis war. Aber wenn Du ihn gesehen hast. Bitte, komm rein."

„Ich habe ihn nicht gesehen, nur sein Auto."

„Erzähl es trotzdem, bitte."

Peter gesellt sich daraufhin zu den Beamten in die Küche und berichtet seine Beobachtungen.

„Und Sie sind sicher, dass es der Wagen war?" Herr Benedikt fragt noch einmal genau nach.

„Ja, der Wagen ist doch bekannt im Ort. Absolut sicher." Peter berichtet und die Beamten notieren alles. Kurz darauf verabschiedet er sich von mir.

Als die beiden Beamten gegangen sind, komme ich nicht zur Ruhe. Laufe nervös in der unteren Etage meines Hauses hin und her. Es ist mittlerweile dreiundzwanzig Uhr dreißig, als mein Handy piept.

Kapitel 15

Es ist sehr leise in dem Zimmer, als ich meine Augen einen kleinen Spalt öffne. All das habe ich doch schon einmal gesehen, kann es aber nicht einordnen. Ein großer Strauß rote Rosen steht auf meinem Nachttisch. Ich drehe meinen Kopf und sehe eine Krankenschwester, die neben meinem Bett steht.

„Da ist sie wieder bei uns. Hallo Lydia."

Ich höre ihre Worte, verstehe aber nicht, was sie damit sagen will.

Sie verlässt das Zimmer durch die offenstehende Tür, und ich merke den leichten Luftzug, der durch das Zimmer weht. Die frische Luft fühlt sich gut an und obwohl sie kalt ist, stört es mich nicht. Auf dem Flur höre ich Geräusche, klirrendes Glas wird zusammengekehrt, viele verschiedene Stimmen, und ich kann durch die geöffnete Tür sehen, wie Personen vorbeilaufen. Jemand sagt: „Achten Sie darauf, dass alle Scherben eingesammelt werden. Manche Patienten laufen hier barfuß."

Nach einigen Minuten kommt die Schwester mit einem Mann im weißen T-Shirt zurück. Mein Blick wandert zu ihm und bleibt auf ihm kleben. Den Mann kenne ich, habe ich schon einmal gesehen. Oder öfter … ich weiß nicht. Beide stehen an meinem Bett und so habe ich Gelegenheit, mir auch die Schwester genauer anzusehen. Auch sie kommt mir bekannt vor.

„Hallo Lydia. Schön, dass Sie wieder da sind. Wie fühlen Sie sich?", fragt der Arzt. Ich schaue ihn nur an, denn ich bin völlig verwirrt. Warum sagt er, dass ich wieder da bin? Wo soll ich denn gewesen sein? „Schwester Sandra hat gerade Ihre Freundin benachrichtigt. Sie war fast jeden Tag hier und hat Ihnen so viel vorgelesen."

Meine Freundin? Fast jeden Tag? Wie lange bin ich denn schon hier? Den Namen Sandra habe ich irgendwann einmal gehört, aber ob es die Krankenschwester ist? Keine Ahnung. Der Arzt setzt sich an das Bettende und auch hierbei habe ich das Gefühl, dass ich genau das schon einmal erlebt habe. „Lydia, Sie sehen sehr verwirrt aus. Ich glaube, ich muss Ihnen einiges erklären."

Mein Blick bleibt auf ihm haften und ich bemerke nicht, dass Schwester Sandra das Zimmer verlassen hat.

„Lydia, Sie fragen sich bestimmt, was das alles hier soll. Erinnern Sie sich an Ihren Unfall?"

Ich schaue ihn weiter an und nicke nur leicht.

„Nach dem Unfall waren Sie drei Tage wach und wir dachten, mit Ihnen sei nach der Operation alles gut. Doch am vierten Tag, nachdem Sie am achtundzwanzigsten Februar wach geworden sind, mussten wir Sie wieder in ein künstliches Koma legen. Entzündungen hatten sich im Körper ausgebreitet, bis zu einer Blutvergiftung. Ihre Verletzungen waren doch sehr ausgeprägt. Sie waren achtzig Tage im Koma. Zu all den Verletzungen hatte sich eine Lungenentzündung eingenistet, die sehr schwerwiegend war. Sie waren dem Tode näher als dem Leben. Wissen Sie denn noch, wer ich bin?"

In meinen Augen ist nur Unverständnis, in meinem Kopf völliges Durcheinander. Genau in dem Moment fliegt die

135

Tür auf und Mercedes kommt hereingestürmt. „Süße, endlich", ruft sie mir entgegen. „Die haben mich angerufen und ich bin sofort hierhin. Du hast mir solche Sorgen gemacht. Endlich bist Du wieder wach."

Der Arzt steht auf und begrüßt Mercedes freundlich. Es erweckt für mich den Eindruck, als kennen sie sich. „Ich habe schon kurz mit ihr geredet", sagt er leise zu ihr. „Würden Sie mir noch ein paar Minuten geben? Sie ist sehr durcheinander."

„Ja klar. Ich bin draußen." Mit diesen Worten verlässt sie das Zimmer und zieht die Tür leise hinter sich zu.

„Dr. Asland, richtig?", frage ich mit sehr leiser Stimme.

„Ja. Thomas Asland. Richtig."

„Wie lange bin ich schon hier?"

„Achtzig Tage."

Meinen Kopf neige ich zur Seite und murmele: „Achtzig Tage." Tränen rollen über mein Gesicht. „Dann habe ich alles nur geträumt?"

„Was meinen Sie damit?" Er schaut mich erwartungsvoll an.

„Mercedes lebt?"

„Ja, sie wartet draußen." Dr. Asland schaut mich fragend an. „Was meinen Sie damit, wenn Sie sagen, Mercedes lebt?"

„Ich dachte, sie sei tot."

„Aber Lydia, sie ist hier. Ich gehe sie holen. Moment. Wir können auch später noch reden."

Er verschwindet aus meinem Zimmer und die Tür schließt sich hinter ihm.

Jetzt bin ich allein und verstehe die Welt nicht mehr.
Ich habe die Zeit verloren und alles nur geträumt ...

Anmerkung der Autorin:

Diese Geschichte ist reine Fantasie.

Eventuelle Ähnlichkeiten sind zufällig.

Sie fragen sich bestimmt, warum ich in den Dialogen die Anreden großgeschrieben habe. Die Wertschätzung verfällt in der heutigen Zeit immer mehr, begünstigt durch die schnelle Art der Korrespondenz, die SMS-Schreibweise, in der manche Aussagen und Antworten teils nur noch in Abkürzungen geschickt werden. Was mir missfällt. Um diese Wertschätzung hervorzuheben, habe ich mich zur Großschreibung entschlossen.

Weitere Bücher

von Syzan Crow:

ISBN: 9783759753748

Verlag: BoD - Books on Demand

Syzan Crow

Arbeiten im Discounter

Oder,
wie jemand in den Pfandraum kackt.

ISBN: 9783759734495

Verlag: BoD - Books on Demand

145

Syzan Crow

Bin ich ein Kampfhund?

Ein Cane Corso Mädchen erzählt.

ISBN: 9783759779908

Verlag: BoD - Books on Demand